Cymry Balch Fanc

Cymry Balch Ifanc

Golygwyd gan
Llŷr Titus
a
Megan Angharad Hunter

Cyhoeddwyd gan Rily Publications Ltd, PO Box 257, Caerffili CF83 9FL

www.rily.co.uk

Hawlfraint © Rily Publications Ltd 2024

Darluniau © Mari Phillips 2024
Darluniau clawr a dyluniad clawr blaen © Mari Phillips 2024
Dyluniad llyfr a clawr cefn: Richard Pritchard

Mae'r cyfranwyr a Mari Phillips yn datgan eu hawl fel awduron ac arlunydd y gwaith hwn.

Cedwir pob hawl.

Mae'r cyhoeddwr yn cydnabod cefnogaeth ariannol Cyngor Llyfrau Cymru a Llywodraeth Cymru.

ISBN: 978-1-80416-404-4

Mae cofnod catalog CIP ar gyfer y llyfr hwn ar gael gan yn y Llyfrgell Brydeinig. Gwerthir y llyfr hwn ar yr amod na chaiff ei fenthyg, ei logi na'i ddosbarthu mewn unrhyw ffurf o rwymo na chlawr ac eithrio'r un y cyhoeddwyd ynddi, drwy gyfrwng masnach na fel arall. Ni chaniateir atgynhyrchu, storio na throsglwyddo'r cyhoeddiad hwn heb ganiatâd ysgrifenedig. Ni chaniateir i unrhyw ran o'r cyhoeddiad hwn gael ei atgynhyrchu, ei storio mewn system adferadwy na'i drosglwyddo mewn unrhyw ffurf na thrwy unrhyw ddull (electronig, mecanyddol, llungopïo, recordio na fel arall) heb ganiatâd ysgrifenedig ymlaen llaw gan Rily Publications.

Er mwyn cadw'n driw i lais y cyfranwyr, nid yw testun y gyfrol hon wedi cael ei olygu yn dilyn proses arferol Cyngor Llyfrau Cymru.

Argraffwyd a rhwymwyd gan Ashfords.

CYNNWYS

Cyflwyniad	7
Brennig	8
Lois	12
Aeron	16
Llŷr	20
Rhiannon	24
Nia	28
Megan	32
Martha	36
Anest	42
Mei	46
Leo	50
Iseult	54
Loti	58
Llinell Amser Hanes y Gymru Gwiar	62
Beth yw Pride?	87
Sut y daeth y llyfr hwn i fod?	88
Cymorth	92
Mudiadau LHDTCRA+	93

CYFLWYNIAD

Mae gan bob person cwiar ei stori. Yn anffodus, am fod y byd fel mae o, dydy pob stori ddim yn hapus neu mae ganddyn nhw rannau anoddach na'i gilydd. Ond, waeth be ydy stori rhywun, mae hi'n haeddu cael ei rhannu.

Rhywbeth felly oedd y syniad wrth ddechrau meddwl am *Cymry Balch Ifanc*; roedden ni eisiau rhannu ein straeon ni fel cymuned. Mae llawer o resymau dros wneud hynny – i addysgu pobl sydd ddim o reidrwydd yn cwiar ond eisiau dysgu mwy, i gynnig gobaith i'r rheiny sydd ar ddechrau eu taith neu i ddathlu profiadau o bob math, ac i fod yn onest am beth ydy bod yn cwiar yng Nghymru heddiw.

Rheswm Llŷr dros gydolygu a chyfrannu at y gyfrol oedd ei fod am helpu i greu y math o lyfr y byddai o wedi hoffi ei ddarllen pan oedd yn ieuengach. Y math o lyfr fyddai wedi ei helpu o.

Rheswm Megan oedd ei bod eisiau i bobl ifanc deimlo'n llai unig, yn llai ynysig ar eu taith. Mae'r arddegau'n gyfnod digon heriol fel y mae, ac mae'r ysfa o fod eisiau perthyn ymysg cyfoedion yn gallu llorio rhywun weithiau. Gobaith Megan ydy y bydd y llyfr hwn yn gysur i bobl ifanc ac yn cynnig gofod saff iddyn nhw ddechrau darganfod pwy ydyn nhw, i ddysgu mwy am eu cymuned a sylweddoli bod 'na ofod yng Nghymru lle maen nhw'n perthyn go iawn.

Rydyn ni'n dau wedi bod mor, mor lwcus o'n cyfranwyr, nid yn unig am eu cwmni nhw dros y misoedd diwethaf ond am iddyn nhw ymddiried eu straeon personol i ni. Rydyn ni wir wedi mwynhau darllen y cyfraniadau ac yn llawn cyffro ein bod ni bellach yn cael eu rhannu nhw efo ti!

Felly gobeithio y gwnei di fwynhau, dysgu, neu uniaethu wrth ddarllen, a gobeithio y bydd y straeon yn y llyfr yn dod yn rhan fach o dy stori di wrth i ti fynd ar dy daith.

Hwyl,
Llŷr a Megan

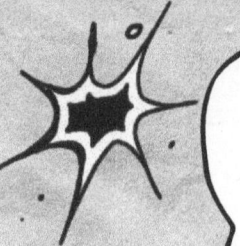

Fy enw i yw **Brennig**

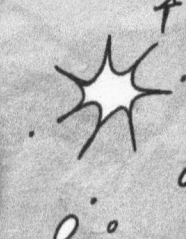

AMDANA I

Rhagenwau: Fe/Fo

O ble? Bro Morgannwg

Diddordebau: Darllen, ysgrifennu, rhedeg, gwrando ar gerddoriaeth, mynd â'r ci am dro

Rhywioldeb: Dwi'n meddwl 'mod i'n hoffi'r gair 'cwiar' fwyaf.

Tri gair i ddisgrifio ti dy hun: Licio chwerthin lot

FY HOFF BETHAU

Hoff gân: Naill ai 'Hounds of Love' gan Kate Bush neu 'Atlantic City' gan Bruce Springsteen (mor anodd i ddewis!)

Hoff anifail: Cŵn

Beth wyt ti'n wneud? Cymrais i 'saib gyrfa' er mwyn teithio (ffordd neis o ddweud 'di-waith'), ond cyn hynny ro'n i'n gweithio mewn castell!

PAM WYT TI'N CYFRANNU I'R GYFROL?

Mae angen mwy o gynrychiolaeth LHDTCRA+ yn y Gymraeg, a dwi mor falch i fedru cyfrannu at hynny mewn unrhyw ffordd bosib.

Hiraeth

Mae'n hen ffrind i mi, hiraeth. Ro'n i'n meddwl mai'r tro cyntaf i ni gwrdd oedd pan symudais i i Rydychen yn 2018, i astudio gradd yn y Saesneg. Yn sydyn fe'm cwmpaswyd gan gorneli pigog a lonydd tyn, pan o'n i'n moyn ehangder maith; ro'n i'n moyn y rhedyn a'r gwynt gwyllt o'r mynydd lle mae Mam-gu a Tad-cu yn byw; Bae Whitmore a rhuo'r môr; tafarn *The Prince of Wales* pan mae'r rygbi ymlaen, y lle llawn acenion ro'n i'n 'u hadnabod a'r jôcs cyfarwydd oedd yn dal i godi gwên.

Ond drwy'r hiraeth 'ma fe sylweddolais i 'mod i wedi bod yn hiraethus am sbel cyn hyn hefyd. Yr un dynfa a dyhead enbyd â phan o'n i'n saith mlwydd oed, ar iard yr ysgol gynradd 'da ffrind. Esboniodd hi wrtha i'r ffaith nad oedd ei brawd hŷn am iddi 'chwarae 'da fi a'm math i o bobl rhagor.' Doeddwn i'm yn gwybod pryd 'ny pwy oedd 'fy mhobl', neu i ba 'fath' ro'n i'n perthyn; ond bod e'n beth drwg, cywilyddus a fyddai'n fy ngadael i, un dydd, yn ddigyfaill.

Dechreuais i sylwi ar fy hun yn teimlo pethau doeddwn i ddim i fod i'w teimlo, am bobl doeddwn i ddim i fod i deimlo'r pethau 'ma amdanyn nhw, ac wrth i ni dyfu i fyny fe wyliais i wrth i'm ffrindiau syrthio mewn cariad ac yna allan o gariad, a chusanu, a siarad yn rhydd am bwy oedden nhw'n 'u ffansïo. Fe wyliais i hyn i gyd fel pe bawn i'n sefyll y tu fas, yn syllu trwy ffenest i mewn i dŷ lle roedd pawb yn glyd ac yn chwerthin ac yn normal.

Ar adegau, ro'n i'n meddwl 'se'r hiraeth 'ma – y ddau fath – yn fy lladd i, ond wnaeth e ddim. Trwy fod i ffwrdd o Gymru, bu'n rhaid i mi wynebu pwy o'n i yn y drych. Fe sylweddolais i fod modd i'r ddau beth o'n i – Cymraeg a chwiar – gydfodoli, am fod hiraeth yn rhan gynhenid o 'mhrofiad i o'r ddwy hunaniaeth; roedd y ddwy elfen 'ma ohona i, fel dywedodd Gwyn Thomas am adref yn 'Yma y Mae Fy Lle', 'hyd lefelau dyfnaf fy mod'.

Pan feddyliwch chi am y peth, mae bod yn cwiar a bod yn Gymraeg yn brofiadau eitha tebyg: mae'r ddwy yn gymunedau cymharol fach, ymylol, 'di profi erledigaeth ond dal yn herfeiddiol, yn cael ein diffinio – ac yn dewis diffinio'n hun – fel rhywbeth estron neu wahanol (dydw i ddim yn *straight*, a dydw i'n sicr ddim yn Sais). Dwi ond yn hanner-jocan pan ddywedaf nad yw 'Yma O Hyd' gan Dafydd Iwan yn gwbl annhebyg, o ran geiriau, teimlad, a hyd yn oed tiwn, i'r gân 'I Will Survive' gan Gloria Gaynor. A bydda i wastad yn meddwl am yr Athro Laura McAllister yn gwrthod tynnu ei het bwced enfys yn Qatar: y ffordd mor falch, dewr a hyfryd wnaeth hi fynnu ar ei hawl i gynrychioli'r ddwy hunaniaeth.

Dwi wedi dysgu, dros y blynydde, mai braint yw teimlo hiraeth. Dwyt ti ond yn teimlo hiraeth pan wyt ti'n caru'r hyn sydd gen ti, ac yn teimlo bod unman fel adre. Fe'm ganwyd fan hyn, ac fe'm ganwyd yn y ffurf 'ma, a 'sdim modd tynnu'r naill linyn allan ohono i; maen nhw wedi'u gweu a'u clymu fel siôl draddodiadol – ond un sy'n frith â secwinau – a dwi mor falch o gael ei gwisgo dros f'ysgwyddau.

Mae'n hen ffrind i mi, hiraeth, ond mae'n hiraeth sy'n dod o'r ffaith fy mod yn Gymro ac yn cwiar, ac felly dwi'n cydio ynddo. Gwn i, gyda'r hiraeth 'ma, y bydd cartref rhyw ddydd y bydda i'n gallu dychwelyd iddo; bydda i'n cerdded i fyny'r dreif ac yn cnocio ar y drws, a bydd y bobl sy tu fewn yn barod yn dweud, 'Pam ti 'di bod mor hir? 'Dan ni 'di gweld d'eisiau di.'

A bydda i 'di bod yn hiraethu amdanyn nhw hefyd, mewn ffordd mor enbyd, ond yn y tŷ 'ma fe fydd goleuadau a cherddoriaeth a chacen, a dyma dŷ – yn fwy nag unrhyw dŷ arall – fydd wastad yn fy ngwahodd i mewn.

> Fy enw i yw Lois

AMDANA I

Rhagenwau: Hi

O ble? Cwm Croes wrth Llanuwchllyn, ond yn byw yng Nghaerdydd ers dros ddegawd.

Diddordebau: Cerddoriaeth (gitâr yn bennaf), cyfansoddi, bod yn yr awyr agored/natur, sgwennu

Rhywioldeb: Lesbian

Tri gair i ddisgrifio ti dy hun: Meddylgar, creadigol, direidus

FY HOFF BETHAU

Hoff gân: Www. Newid bob dydd. Ond wastad yn ffan o 'Dirty Work' gan Steely Dan; 'Helplessly Hoping' gan Crosby, Stills and Nash; neu 'Our House' gan Crosby, Stills, Nash & Young.

Hoff anifail: Crwban

Beth wyt ti'n wneud? Dwi'n ymchwilio i iechyd cyhoeddus, efo 'chydig o ddarlithio ar yr ochr. Dwi hefyd yn gerddor.

PAM WYT TI'N CYFRANNU I'R GYFROL?

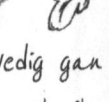

Ma' gwelededd mor, mor bwysig - fyse gweld cyfrol fel hyn, yn enwedig gan Gymry, wedi bod yn gymaint o help i fi ddechre deall pwy o'n i pan o'n i'n iau. Ma'i mor braf gweld cymaint o welededd yn y cyfryngau ac ati dyddie yma, ond dwi dal yn meddwl ei bod hi'n bwysig bod pobl yn cael dysgu am brofiadau go iawn pobl go iawn sy efo cefndiroedd tebyg iddyn nhw, wrth iddyn nhw fynd trwy'r siwrne o ddod i adnabod a derbyn eu hunain. Ma' cael cyfrannu at hynny mewn ffordd fach, fach yn golygu lot.

Cym d'amser

'Di'r cloc a fi 'rioed 'di bod yn ffrindie mawr. Dwi wastad yn hwyr, a dwi wastad 'di teimlo fel bod amser yn carlamu 'mlaen ar gyflymder na alla i byth cweit ei fatsho. A ddim jyst wrth drio gadael y tŷ ar amser ma' bysedd y cloc yn fy mhigo i, chwaith. Ma' nhw'n aml yn pwyntio allan sut ma'n llwybr bywyd i'n igam-ogam i gyd o'i gymharu efo llwybrau fy ffrindiau i. Ma' llinellau amser pawb arall i weld yn llifo mor daclus a thwt, yn unionsyth a chadarn fel ffordd Rufeinig, ond ma' f'un i'n debycach i *Spaghetti Junction*.

Ma' hi'n hawdd iawn meddwl dy fod ti wastad ryw fymryn ar ei hôl hi pan ti'n cwiar. 'Di'r cloc ddim yn stopio tra ti'n baglu dy ffordd drwy'r labyrinth o hunanddarganfyddiad. Erbyn i ti gyrraedd y pen (os ydi'r fath beth yn bod), ma'n teimlo fel bod pawb arall wedi hen garlamu 'mlaen ar eu llwybrau bywyd eu hunain, ond ti filltiroedd ar ei hôl hi ac yn gorfod brysio i drio dal i fyny.

Dydi teimlo felly ddim yn beth unigryw i bobl LHDTCRA+, wrth gwrs. Ma' hi'n strygl gyffredin – y cymharu bythol efo pawb arall a lle ma' nhw arni efo Cerrig Milltir Mawr Bywyd. Graddio. Prynu tŷ. Priodi. Cael plant. Ond ma' 'na'n bendant ryw elfen o fod yn LHDTCRA+ sy'n gallu gwneud ein teithiau ni tuag at y cerrig milltir 'ma yn fwy troellog, neu'n ein harwain ni i ddargyfeirio oddi wrthyn nhw'n llwyr.

'Dan ni gyd yn darganfod pethau amdanon ni ein hunain drwy gydol ein bywydau, ac yn aml ma' gofyn ymdrechu cyn dod o hyd i'r atebion, a'u derbyn nhw. Mi fuodd raid i fi ymdrechu'n reit galed i ddod i delerau efo'n rhywioldeb i, ac mi gymrodd amser. Ddes i allan yn dawel bach (ac yn feddw) i'n ffrind gorau, ryw fis ar ôl dod allan o berthynas syth bum mlynedd o hyd. O'n i wedi dechrau sylwi ar yr arwyddion ymhell cyn hynny, ond roedd eu cydnabod nhw'n teimlo fel twyll. O'n i'n ofn colli pob dim, felly mi gladdais i'r teimladau'n ddyfn tu mewn, nes i'r berthynas ddod i ben. O'n i'n 24 oed bryd hynny, ac o'n i'n 25 pan ddechreuodd fy mherthynas gwiar gyntaf i.

Roedd hi'n hawdd iawn teimlo fel fy mod i wedi colli amser gwerthfawr ar hyd y ffordd. Yr holl flynyddoedd y gallwn i fod wedi eu treulio yn bod y fi go iawn. Yr holl flynyddoedd o fy mlaen i lle y byddai angen i fi ailadeiladu fy mywyd o'r newydd. Ma'r meddyliau'n dal i lechu yn fy mhen i weithiau. Ond pan dwi'n dal fy hun yn teimlo felly, ma'r syniad o *queer time*, neu amser cwiar, yn un sy'n cynnig lot o gysur i fi.

Mae'r syniad yn cyfleu sut ma'r profiad cwiar yn trawsnewid ein perthynas ni efo amser. Ma' gan gymdeithas draddodiadol ddisgwyliad o be ydi Cerrig Milltir Mawr Bywyd. Ma' 'na hefyd ddisgwyliad eu bod nhw'n digwydd mewn ffordd *linear*, a'n bod ni'n aeddfedu'n ara' bach drwyddyn nhw i gyd. Cael dy eni, plentyndod, arddegau, tyfu'n oedolyn, ffeindio partner, magu plant. Dim pawb sy'n dilyn y fformiwla, wrth gwrs. Ond tybed sut ma' bod yn cwiar yn effeithio ar y llwybr yma?

Roedd dod allan yn teimlo fel rhyw fath o ailenedigaeth i fi. Ac er fy mod i mewn perthynas eitha siriys efo hogyn flwyddyn ynghynt, o'n i fel *teenager* yn fy mherthynas gyntaf efo hogan. Achos roedd popeth mor newydd a chyffrous. O'n i'n ailddarganfod fy hun. Yn ailaeddfedu. Yn chwarae wrth chwalu'r llinell fywyd syth oedd wedi bod yn fy arwain i ar gyfeiliorn ers cyn cof.

Mi fwytodd hynny i mewn i'n ugeiniau i, wrth gwrs. Fy ffrindiau i'n dyweddïo, priodi a chael babis uffernol o ciwt. Ac o'i gymharu efo nhw, ac efo lle o'n i gwpwl o flynyddoedd yn gynharach, o'n i'n teimlo weithiau fel fy mod i newydd lanio ar neidr ar sgwaryn olaf bwrdd *Snakes and Ladders*. Ond mewn gwirionedd, jyst wedi dringo'r ysgol anghywir ar rôl cynta'r dis o'n i.

'Dan ni i gyd yn cerfio'n llwybrau unigryw ein hunain drwy fywyd. Fel anturiaethwyr yn darganfod tir newydd, dim ond ni all osod y targedau amser ar gyfer teithiau nad oes neb arall wedi eu troedio o'r blaen. Dwi'n ffeindio hi mor hawdd sbio 'nôl a diawlio fy mod i wedi bod mor araf, neu wedi wastio'n amser. Ma'i dipyn anoddach bod yn oddefgar efo chdi dy hun, a derbyn mai amser ydi'r cŷn gorau wrth gerfio'r llwybr o dy flaen. Ond dyna'r ffordd orau ymlaen. Felly ble bynnag wyt ti ar dy daith dy hun, cym d'amser, a dathla'r eiliadau bach gwerthfawr sy wedi dy arwain di ar hyd y ffordd.

Fy enw i yw Aeron

AMDANA I

Rhagenwau: Nhw/Fe

O ble? Llandysul

Diddordebau: Ymchwilio i wleidyddiaeth, gwrando ar gerddoriaeth a threulio amser gyda fy ffrindiau

Rhywioldeb: Deurywiol

Tri gair i ddisgrifio ti dy hun: Hyderus, doniol, caredig

FY HOFF BETHAU

Hoff gân: 'From the Start' neu 'Atlas' gan Good Kid

Hoff anifail: Lemwr cynffon fodrwyog

Beth wyt ti'n wneud? Astudio Lefel A Cymraeg, Troseddeg a Seicoleg ond dwi hefyd yn gwirfoddoli gyda Plethu, prosiect cymdeithasol creadigol llesol yn y gymuned.

PAM WYT TI'N CYFRANNU I'R GYFROL?

Rhannu ein straeon yw un o'r ffyrdd gorau o gysylltu a dod â dealltwriaeth i bynciau sy'n aml yn cael eu hanwybyddu. Trwy rannu, dwi'n gobeithio gwneud gwahaniaeth i'r rhai a all fod yn ansicr neu'n chwilfrydig, a helpu i danio sgyrsiau go iawn.

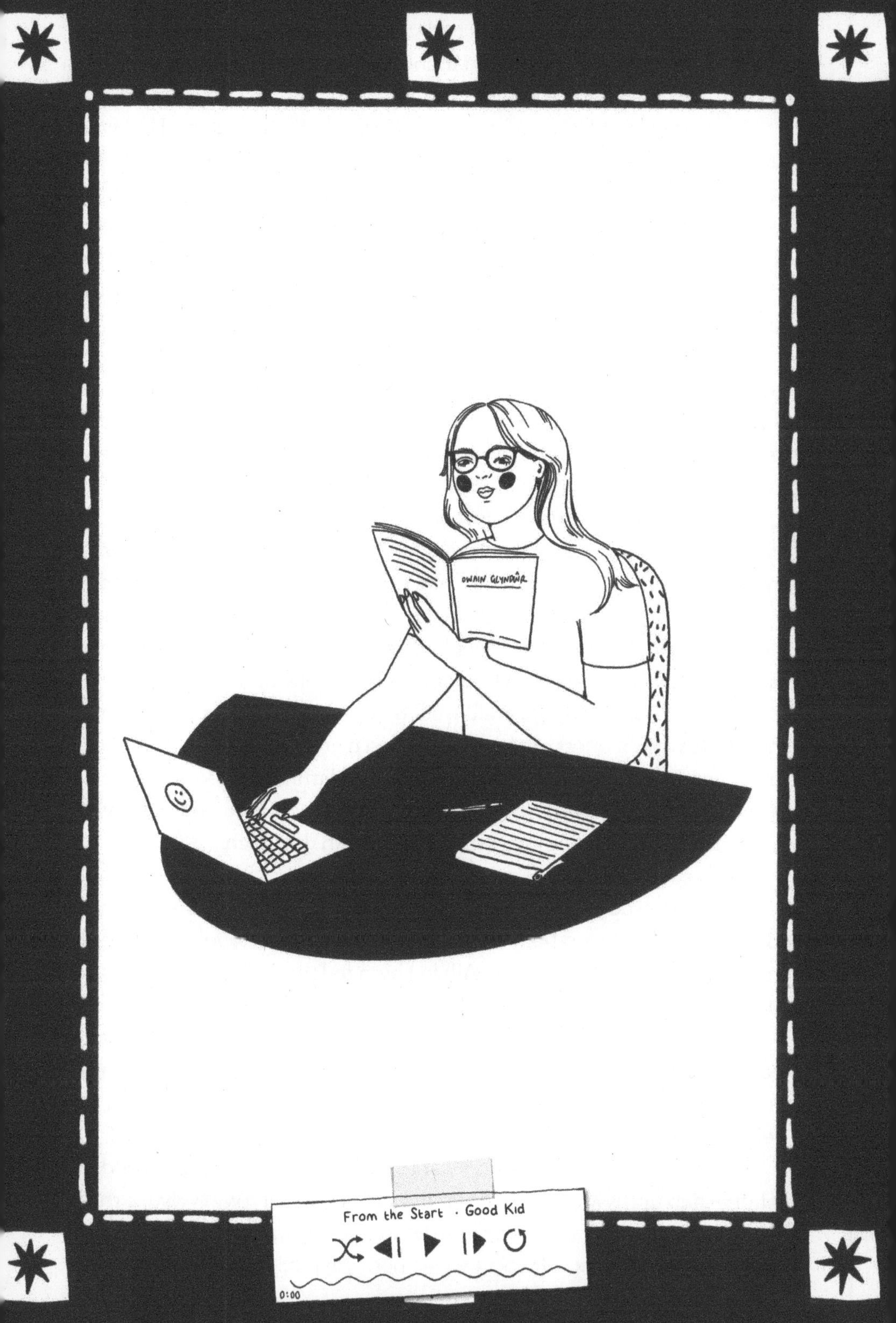
OWAIN GLYNDŴR
From the Start · Good Kid
0:00

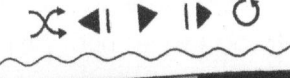

Dyw'r daith at heddiw ddim wedi bod yn syml, ond dwi yma, yn bodoli yn union sut ydw i'n teimlo y dylwn i fodoli. Dwi ddim yn ferch, na chwaith yn fachgen. Dwi'n fi fy hun – heb rwystrau.

Am flynyddoedd lawer, dwi wedi bod yn cwestiynu fy rhyw. Hyd yn oed pan o'n i'n yr ysgol gynradd, roeddwn i'n anghyfforddus yn fy nghorff. Mae wedi bod yn siwrnai o deimlo'n hollol ofnadwy wrth frwydro gyda'r holl deimladau, i deimlo rhyddhad llwyr wrth rannu pwy ydw i go iawn gyda fy ffrindiau. Dwi'n lwcus eu bod nhw, a fy nheulu, yn hynod o gefnogol. Mae yna ambell eithriad, wrth gwrs, gyda rhai yn galw enwau arnaf o dro i dro, ond lleiafrif bychan iawn yw'r rheini, diolch byth.

Dyw archwilio a chofleidio fy hunaniaeth anneuaidd ddim wedi bod yn hawdd. Mae wedi bod yn daith o hunanddarganfyddiad, lle dwi wedi gorfod dysgu gwrando ar y rhannau mwyaf mewnol ohonof i fy hun, hyd yn oed pan fydd sŵn y byd yn ceisio eu mygu. Mae wedi bod yn heriol ac yn harddus, mewn byd sy'n mynnu gosod labeli twt arnon ni i gyd.

Wrth i mi ddechrau siarad yn agored am fy hunaniaeth, dwi wedi sylweddoli bod llawer o bobl yn awyddus i ddeall, hyd yn oed os nad ydyn nhw'n gyfarwydd i ddechrau â'r cysyniad o fod yn anneuaidd. Mae wedi dod i'r amlwg fod anwybodaeth lwyr o fewn cymdeithas am fod yn anneuaidd – gyda nifer fawr, yn enwedig o'r genhedlaeth hŷn, yn ymateb trwy ddweud nad ydyn nhw erioed wedi clywed am y term o'r blaen.

Mae'r broses o addysgu eraill wedi bod yn dipyn o dasg ond yn werth chweil. Os ydw i'n onest am bwy ydw i, mae'n creu lle i eraill fod yn onest amdanyn nhw eu hunain hefyd. Mae newid cadarnhaol yn bosib, ac mae agweddau tuag at rywedd yn esblygu, os yn araf bach. Mae pob sgwrs yn gyfle i herio rhagfarnau a meithrin dealltwriaeth ddyfnach.

Wrth edrych yn ôl ar fy nhaith hyd yn hyn, dwi'n sylweddoli pa mor bell rydw i wedi dod. Nid yw'r daith ar ben eto, o bell ffordd; mae llawer i'w ddysgu o hyd a llawer o heriau i'w goresgyn. Ond dwi'n teimlo'n gryfach ac yn fwy hyderus gyda phob cam. Allwn i byth fod yn unrhyw beth arall yn y byd yma.

Mae'n bwysig nodi ei bod yn hollol normal i brofiadau pobl anneuaidd fod yn wahanol. Weithiau dwi'n glitsi ac yn gwisgo modrwyon a mwclis, a weithiau dwi'n gwisgo'n fwy gwrywaidd. Weithiau dwi mewn crop top, a weithiau mae'n ddiwrnod gwisgo dillad bagi a hwdi i guddio fy nghorff.

Ond y peth pwysig i fi, o fod yn anneuaidd, yw fy mod i'n gallu bod yn fi fy hun – heb unrhyw eglurhad. Ry'n ni i gyd ar siwrnai trwy fywyd, a rhaid i ni i gyd frwydro drwy bob her, cofleidio'r hwyl, a gwneud ein gorau i fod ar ein gorau pan allwn ni. Dim ots pwy na beth ydyn ni.

Sut i fod yn gefn? Dyma rai camau syml:

- Mae gan bawb ddwy glust i wrando – os oes rhywun yn datgelu eu bod nhw'n hoyw, yn anneuaidd neu'n draws, neu beth bynnag; byddwch yn garedig a byddwch yn gefnogol. A holwch beth yw'r rhagenwau maen nhw'n eu ffafrio a defnyddio'r rheiny. Bydd camgymeriadau ar hyd y ffordd i ddechrau, wrth gwrs, ond mae cefnogaeth a bod yn ystyriol mor, mor bwysig. Mae hyn yn cynnwys unrhyw newid enw hefyd. Mae gen i enw newydd sy'n wahanol i'r enw ar fy nhystysgrif geni – a dyna'r enw dwi'n awyddus i bawb fy ngalw i o hyn ymlaen.
- Defnyddiwch yr eirfa gywir. Mae rhestr ddefnyddiol ar wefan Stonewall Cymru.
- Mae creu awyrgylch saff a chroesawgar yn hollbwysig hefyd, a pheidio â beirniadu. Mae'n iawn i holi cwestiynau – a holi ymhellach os oes yna annealltwriaeth. Peidiwch â diystyru teimladau a chofiwch: dyw profiadau pawb sy'n rhan o'r gymuned LHDTCRA+ ddim yr un peth.
- Rhaid bod yn driw i ddymuniad hefyd. Os bydd rhywun yn troi atoch chi ac yn ymddiried ynoch chi, a ddim eisiau i neb arall wybod, rhaid i chi barchu hynny. Oni bai, wrth gwrs, eu bod nhw'n teimlo'n isel iawn ac am wneud niwed i'w hunain. Bryd hynny, rhaid troi at athrawon, aelod o deulu neu rywun proffesiynol er mwyn iddyn nhw gael y cymorth iawn.
- Herio. Mae herio homoffobia, deuffobia a thrawsffobia yn uchel ar y rhestr. Os dewch chi ar draws y ffasiwn ymddygiad, mae'n rhaid i chi ddweud rhywbeth, a pheidio â 'sgubo'r sylwadau hyll o dan y carped. Byddwch yn gefn bob amser, a chodi llais ac addysgu eraill pan fyddan nhw'n greulon.
- Does neb yn berffaith, ond mae modd i ni i gyd helpu'n gilydd er mwyn i bobl LHDTCRA+ fyw bywyd mewn byd sy'n ein derbyn a'n cofleidio.

Mae'n bwysig i unigolion fel fi, a phob un ohonon ni, barhau i frwydro dros gydraddoldeb a derbyniad yn ein cymunedau. Trwy rannu ein straeon a siarad yn agored, gallwn helpu i adeiladu byd mwy cynhwysol a chariadus i bawb, waeth beth fo'u hunaniaeth.

Braf fyddai byw mewn byd lle mae amrywiaeth rhyw yn cael ei ddathlu, nid ei oddef yn unig. Dyfodol lle gall unigolion anneuaidd ffynnu, heb ofni gwahaniaethu neu niwed.

Dwi eisiau bod yn rhydd i fynegi fy ngwir hunan yn rhydd ac yn llawen.

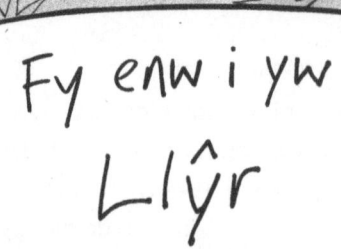

Fy enw i yw
Llŷr

AMDANA I

Rhagenwau: Fo/Fe

O ble? Pen Llŷn

Diddordebau: Cerdded, coginio, rhwymo llyfrau, darllen - ffug-wydd (sci-fi), arswyd a ffantasi yn bennaf - gwylio ffilmiau, cadw gwenyn, garddio

Rhywioldeb: Deurywiol

Tri gair i ddisgrifio ti dy hun: Triw, styfnig, blêr

FY HOFF BETHAU

Hoff gân: 'Glaw' gan Cowbois Rhos Botwnnog

Hoff anifail: Cath

Beth wyt ti'n wneud? Sgwennu, golygu, cyfarwyddo

PAM WYT TI'N CYFRANNU I'R GYFROL?

Am 'mod i eisiau bod yn rhan o gyfrol y byddwn i wedi licio'i darllen pan oeddwn i'n fengach.

Mae o'n beth reit gyffredin holi be fyddai rhywun yn ei ddweud wrth y nhw ifanc dwi'n meddwl; roedd o'n un peth oeddan ni i gyd yn ei drafod wrth sôn am y llyfr yma. Pan dwi'n meddwl am y Llŷr Titus ifanc fel dwi'n ei gofio fo, hwnnw oedd – er bod ganddo fo ffrindiau da – yn cael ei fwlio ac yn gweld ei hun fel rhywun ar y cyrion yn amlach na pheidio, fedra i ddim meddwl am ateb. Mi fyddai o'n synnu, o bosib, 'mod i'n rhan o gyfrol fel hon.

Mi gymrodd hi sbel go lew i mi sortio'n hun a chael dealltwriaeth lawn a hyderus o fy rhywioldeb i. Mae gan y lle dwi'n dŵad ohono fo, a 'nghefndir i, dipyn i'w wneud efo hynny, dwi'n meddwl. Wrth gwrs, dwi'n teimlo 'mod i'n lwcus iawn mewn sawl ffordd o fy nghymuned enedigol, a fy nheulu, a bod fy nghartref i wedi bod yn lle hynod o gefnogol at ei gilydd. Eto'i gyd, yn yr ysgol ac yn y gymuned yn ehangach roedd yna ddiffyg amrywiaeth, diffyg dealltwriaeth a diwylliant oedd yn chwys laddar o *toxic masculinity*.

Felly dydi o ddim yn syndod 'mod i wedi cymryd amser i ddod i adnabod fy hun – roedd yna waith dadlapio, dad-dyrchu a dysgu.

Er 'mod i'n gwybod 'mod i'n *bi*, yn ddeurywiol, neu'n amau, do'n i ddim ar y pryd yn gwybod go iawn chwaith os ydi hynny'n gwneud synnwyr. Ro'n i'n *ally* brwd iawn ac yn hapus felly am sbel, ac mae pawb yn gallu gwerthfawrogi harddwch pobl o bob rhyw a rhywedd, dydyn? Felly ro'n i'n cymryd. Mae pawb yn ffansïo ystod eang o bobl ac mae hogia'n cal cryshus ar hogia erill weithia, dydyn? Rhyw straeon bach felly ro'n i'n eu dweud wrthaf i fy hun. Mae hi'n hawdd sbio'n ôl a gweld yr holl bethau 'ma a sut roeddwn i'n twyllo fy hun – er enghraifft, er 'mod i'n ffan mawr iawn o ffuglen wyddonol neu *sci-fi*, roedd 'na reswm arall pam 'mod i mor ofnadwy o cîn ar David Tennant yn *Doctor Who*, doedd … Ches i erioed foment bylb yn tanio efo rhyw sylweddoliad mawr chwaith; mae'n bosib ei fod o'n debycach i fylb arbed egni yn cymryd ei amser i gynhesu erbyn meddwl.

Sôn am ffug-wydd a'r straeon rydan ni'n eu hadrodd wrthan ni'n hunain, dwi'n hoff o'r syniad fod yna fwy nag un bydysawd, neu fersiynau gwahanol o realiti. Dwi'n meddwl am hynny'n aml. Os ydi rhywun yn coelio'r theori yna, mae 'na sawl bydysawd gwahanol a sawl fersiwn gwahanol ohona i hefyd.

Mae 'na fydysawd lle'r o'n i allan yn llawer iawn mwy buan ac wedi deall fy hun yn gynt, un arall lle'r oedd blynyddoedd cynnar bywyd dy arddegau mewn ardal wledig yn gymaint haws, un wedyn lle nad oedd yna fwlio – lle ces i gadw fy hunanhyder a'i dyfu fo'n rhwyddach. Mae yna un o fewn pellter poeri i mi lle dwi wedi teimlo fel 'mod i'n ffitio yn fy nghroen fy hun ers erioed. Mae'n rhaid bod, does?

Mae 'na fydysawd hefyd lle dwi ddim allan o gwbl, lle dwi heb ddod i ddeall fy hun na fy rhywioldeb – mae 'na fydysawd lle dwi yn gwadu fy hun.

Ond yn y bydysawd yma ydw i, yr un lle rwyt ti'n darllen y llyfr 'ma, ac mae hynny'n berffaith iawn. Dwi yn lle ydw i ac wedi profi pob dim ydw i; a dyna pam 'mod i'n pwy ydw i, yn fama, rŵan. Mae'n bosib fod 'na Llŷr allan yna'n rhywla sy'n berffaith, a chwara teg iddo fo – ond dwi'n pwy ydw i ac mae hynny'n ocê hefyd. Dydi jympyr ddim yn cwyno am y ffordd gafodd hi ei gweu, mae hi jyst yn bodoli efo ambell bwyth ar goll falla a braich dwtsh yn gam.

Rhywbeth arall dwi'n meddwl amdano fo weithia ydy'r syniad y bydd pob fersiwn ohona i yn cyfarfod ei gilydd mewn rhyw freuddwyd neu fyd rhwng y bydoedd. Mewn amffitheatr anferthol falla, neu mewn cae mor fawr nes medrwch chi ond gweld y cloddia wrth graffu at y gorwel – cae sydd a'i lond o o flodau menyn a gwellt hir, braf. Mymryn o awel ac awyr las uwchben. Ac mi fyddan ni i gyd yna, pob Llŷr – o'r un mwyaf perffaith hyd at yr un efo'r mwyaf o stad arno fo, cr'adur, a finna rywla'n y canol. Mi gawn ni i gyd ein lle yno, a phob un yn ei haeddu o – waeth faint o gamgymeriadau neu lwyddiannau 'dan ni wedi'u cael. A hynny am ein bod ni i gyd yn ddilys, i gyd efo hawl i fod yn pwy ydan ni, waeth be fydd neb arall yn ei ddeud.

> Fy enw i yw Rhiannon

AMDANA I

Rhagenwau: Hi

O ble? De Cymru

Diddordebau: Chwarae gemau fideo a choginio

Rhywioldeb: Cwiar

Tri gair i ddisgrifio ti dy hun
Gofalgar, doniol, byrlymus

FY HOFF BETHAU

Hoff gân: 'Anything But Me' gan MUNA

Hoff anifail: Cath!

Beth wyt ti'n wneud? Astudio Seicoleg a Throseddeg

PAM WYT TI'N CYFRANNU I'R GYFROL?

Ro'n i isio cyfrannu i'r gyfrol oherwydd roedd yn gyfle i wneud rhywbeth llawn hwyl doeddwn i erioed wedi'i wneud o'r blaen. Dwi heb weld llyfr fel hyn o'r blaen chwaith ac felly roeddwn wir isio bod yn rhan ohono.

Rhiannon ydw i, dwi'n 21 mlwydd oed ac wedi byw ar hyd fy mywyd mewn pentref bach ceidwadol yn ne Cymru. Doedd dod allan ddim yn hawdd, ond fe hoffwn i ganolbwyntio ar y profiadau positif dwi wedi eu cael, achos dwi ddim yn teimlo bod digon o drafod ar bethau felly. Pan oeddwn i'n dod i delerau gyda phwy oeddwn i, roeddwn i'n gweld cymaint o sôn am bobl oedd yn cael profiadau annifyr iawn dim ond o achos pwy oedden nhw, ac roedd hynny'n codi ofn arna i. Wrth gwrs, mae hynny'n digwydd weithiau ac mae o'n ofnadwy, ond mae yna bethau gwych wedi digwydd i mi achos 'mod i'n hoyw hefyd, profiadau nad o'n i'n credu 'mod i'n haeddu eu cael weithiau. Mae yna bethau da a drwg i bopeth mewn bywyd ond os medra i helpu un person ifanc i deimlo fymryn yn well am eu dyfodol yna fe fydda i'n hapus.

Pan oeddwn i'n 13 oed fe ges i 'nghariad hoyw cyntaf. Roeddwn i wedi cael cariadon oedd yn fechgyn cyn hynny ond roeddwn i wastad wedi teimlo yn ddi-hid tuag atyn nhw a doedd yna ddim agosatrwydd tebyg i gariad. Dyma pryd wnes i sylweddoli 'mod i'n hoyw gyntaf. Roedd sylweddoli pwy oeddwn i yn debyg i sut dwi'n dychmygu mae blodyn yn teimlo pan fydd o'n agor ac yn teimlo gwres yr haul ar ei betalau am y tro cyntaf un. Roeddwn i'n teimlo fel 'mod i wedi deffro o'r diwedd. Mae hyn yn swnio fymryn yn *cliché* ond yn y foment honno roedd popeth mor bur a doedd gen i ddim ofn o gwbl am fod pob dim yn teimlo'n iawn ac yn gywir.

Pan wnes i symud i ffwrdd i fynd i'r brifysgol roedd fy hunaniaeth hoyw yn bwysig iawn i mi. Fe wnes i dreulio blwyddyn gyntaf fy ngradd yn Huddersfield, tref yng ngogledd Lloegr. Fe wnes i fy 'ffrindiau hoyw' cyntaf yno. Fe fydden ni'n cyfarfod ac yn trafod pethau hoyw; pethau na fyddwn i'n rhannu gyda chriw nad oedd yn LHDTCRA+ am na fydden nhw wedi deall. Mae o'n deimlad mor braf pan ydych chi'n dod o hyd i bobl sy'n gallu uniaethu gyda chi. Roedden ni'n mynd allan i fariau hoyw gyda'n gilydd ac fe wnaethon ni ddawnsio gyda breninesau drag. Fe wnaethon ni brofi pethau wnes i erioed feddwl y byddwn i'n eu profi o achos pwy oeddwn i.

Ond dwi'n un sydd yn hoff o fy milltir sgwâr ac yn Gymraes o 'nghorun i'n sawdl felly fe wnes i symud o Huddersfield i

Brifysgol Abertawe. Fe ges i brofiad hollol wahanol yn Abertawe o'i gymharu â Huddersfield. Dwi'n teimlo i mi wneud llawer iawn o hunanddarganfod a myfyrio yn fy mlwyddyn gyntaf felly erbyn i mi ddechrau fy ail flwyddyn yn Abertawe doedd fy hunaniaeth LHDTCRA+ ddim yn teimlo yn gymaint o beth; roeddwn i'n fwy cyfforddus yn fy nghroen fy hun a hynny gan fod gen i ffrindiau mor dda yn Huddersfield. Roedden nhw wedi rhoi hyder i mi. Roeddwn i hefyd yn teimlo'n fwy diogel am 'mod i'n nes at fy nghartref a'r bobl yno oedd yn fy nghynnal i. Wnes i erioed feddwl y byddwn i'n gweld eisiau arwyddion ffordd Cymraeg gymaint!

Fe wnes i gyfarfod fy nghariad yn 18 oed. Roedd dod â hi i fy mywyd yn anodd mewn rhai ffyrdd – doeddwn i ddim wedi cyflwyno cariad oedd yn fachgen i fy rhieni heb sôn am ferch felly roeddwn i'n poeni am sut fydden nhw'n ymateb. Ond dwi'n falch iawn o ddweud eu bod nhw'n ei thrin hi'n union fel maen nhw'n trin gwraig fy mrawd. Mae o mor hawdd, gymaint yn haws nag oeddwn i hyd yn oed wedi breuddwydio y gallai o fod.

Dwi wedi darganfod yn y blynyddoedd hynny mae hi wedi eu cymryd i mi dderbyn pwy ydw i fod gen i lawer o homoffobia mewnol i'w ddatrys y tu mewn i mi. Roeddwn i'n poeni y byddai pobl yn meddwl 'mod i'n afiach neu'n wyrdroëdig am fod rheiny yn stigmâu personol oedd gen i yn fy mhen. Wrth i mi dyfu a derbyn fy hun, mae ofn derbyn beirniadaeth gan bobl eraill wedi lleihau gan fod y rhan fwyaf o'r casineb yr oeddwn i â chymaint o'i ofn yn dod o'r tu mewn i mi.

Roeddwn i'n arfer credu mai'r elfen LHDTCRA+ ohona i oedd y rhan amlycaf o fy hunaniaeth i. Roeddwn i'n teimlo nad oedd gen i lawer o ddim arall i'w gynnig i bobl ond wrth i mi ddatblygu dwi'n teimlo 'mod i bellach yn fwy cyflawn. Dwi'n falch iawn o pwy ydw i a phwy fydda i hefyd. Os byddai gen i unrhyw gyngor i fi fy hun pan oeddwn i'n ieuengach yna 'bydd yn amyneddgar' fyddai o, gyda ti dy hun ac eraill. Mae hunaniaeth yn beth mor hardd, paid â chuddio pwy wyt ti. Does neb arall fel ti yn bod.

> Fy enw i yw
> **Nia**

AMDANA I

Rhagenwau: Hi/Ei

O ble? Caerdydd

Diddordebau: Darllen, sgwennu, seiclo, teithio, pobi, sglefrio

Rhywioldeb: Lesbiaidd

Tri gair i ddisgrifio ti dy hun: Optimistaidd fel arfer

FY HOFF BETHAU

Hoff gân: 'Smoke and Ashes' gan Tracy Chapman

Hoff anifail: Ystlum

Beth wyt ti'n wneud? Bardd, awdur, dramodydd a chyfieithydd

PAM WYT TI'N CYFRANNU I'R GYFROL?

Er mwyn bod yn rhan o'r sin cwiar Cymraeg sy'n tyfu fwy a mwy bob blwyddyn.

Fi'n teimlo'n eitha hapus am fy hunaniaeth i fel person Cymraeg cwiar nawr, ond pan o'n i'n tyfu fyny do'n i byth yn gallu plethu'r syniad o fod yn Gymraes oedd yn siarad Cymraeg a'r syniad o fod yn cwiar gyda'i gilydd. Ro'n i wastad yn credu y bydde'n rhaid i fi symud i ffwrdd i weithio allan pwy ydw i, ac wedyn dod 'nôl. Fi'n credu bod hwn yn deimlad eitha cyffredin i bobl ifanc cwiar yng Nghymru.

Mae fy hunaniaethau Cymreig a chwiar yn plethu gyda'i gilydd achos mae'r problemau fi'n delio gyda nhw fel *lesbian* yn gallu bod yn debyg i'r problemau fi'n delio gyda nhw fel person sy'n hanner du, hanner gwyn. Maen nhw hefyd yn gallu bod yn debyg i'r problemau fi'n delio gyda nhw fel rhywun sy'n siarad Cymraeg. Fi wastad yn trio cofio bod popeth wedi cysylltu gyda'i gilydd a does dim un broblem sy'n sefyll ar ei phen ei hun.

Fel person hil gymysg, fi ddim bob tro wedi teimlo fy mod i'n ffitio i mewn gyda siaradwyr Cymraeg. Mae lot o bobl yn siarad am hyn nawr – y teimlad o beidio â ffitio i mewn yn yr ysgolion Cymraeg a phethau fel 'na. Ond fi wastad yn ymwybodol iawn nad yw fy mhrofiad i mor wael â phobl sy'n gwisgo hijab, er enghraifft, neu bobl sydd gyda chroen tywyll, achos mae'r pethau maen nhw'n gallu mynd trwyddyn nhw'n lot gwaeth na be fi'n mynd trwyddo, a fi wastad yn trio cydnabod hynny.

Mae rhan fawr o hunaniaeth i fi am deulu ac am lwybrau o *ancestry*; dyna sy'n bwysig i fi – bod yn rhywun o Gymru, ond hefyd yn rhywun sydd gyda mam-gu a thad-cu wnaeth symud o wlad arall i'r dociau yng Nghaerdydd. Mae hynny'n rhan fawr o fy hunaniaeth hefyd. Fi wastad wedi teimlo'n falch o fod yn rhywun o Gymru, ond fi'n meddwl eitha lot am hanes Cymru, a bod rhaid i ni beidio bod yn *blindly positive* am yr hanes chwaith.

Dwi'n fardd, awdur a dramodydd, a phan fi'n sgwennu, mae'r cymeriade sy'n dod i 'mhen i'n rîli debyg i fi, yn enwedig pan fi'n sgwennu i bobl ifanc. Fi'n credu bod rhan ohona i'n dal i drio prosesu pethau; y rhannau o fy hunaniaeth i a sut maen nhw'n plethu gyda'i gilydd. Dyna pam mae'r themâu fel arfer yn delio gyda bod yn cwiar neu'n hil gymysg, neu gyda theimlo fel nad wyt ti'n ddigon Cymreig. Dyna o'n i'n delio gyda nhw pan o'n i'n yr ysgol ac mae'r profiadau hynny'n dal i *flasho* lan nawr, felly fi'n trio gweithio drwyddyn nhw wrth sgwennu. Os fi'n sgwennu drama ac mae person ifanc yn ei gwylio hi a meddwl 'dyna'r union beth fi'n mynd drwyddo fe', falle bydd e'n gallu eu helpu nhw. Dyna be fi'n trio'i neud. Mae sgwennu bron fel therapi i fi, achos fi'n sylwi ar bethau am fi fy hun ro'n i'n credu o'n i 'di delio gyda nhw *ages* yn ôl.

Pan fi'n cynnal gweithdai gyda phobl ifanc, fi moyn gwybod be sy'n neud iddyn nhw deimlo'n falch, a be sy'n neud iddyn nhw deimlo fel bod ganddyn nhw wreiddiau. Achos 'mod i'n berson sy'n cael lot o *anxiety*, un peth sy wastad yn fy ngwreiddio i yw cofio nad fi yw'r unig berson yn y byd sy'n delio gyda'r pethau fi'n delio gyda nhw. Mae'n gwneud i fi deimlo 'mod i ddim yn unig yn y byd os fi'n cofio bod rhywun arall 'di mynd trwyddo fe, felly wedyn fi'n teimlo fod popeth yn mynd i fod yn iawn.

Mae gwybod bod 'na gymuned cwiar allan yna yn helpu hefyd achos mae 'na *anxieties* sy'n fwy penodol i ni, a fi wastad yn meddwl am sut i gadw'r teimlad yna o gymuned achos fi'n teimlo 'mod i wastad yn trio gwrthod *individualism*. Felly, gan fod gen i gymuned, os fi angen help, fi'n gallu gofyn am help. Fi'n ffodus nawr bod gen i gylch a chymuned o ffrindiau, y rhan fwyaf ohonyn nhw'n cwiar hefyd, ac mae'n neis gwybod bod gen i *back up*.

Mae'n bwysig cofio, felly, nad ydych chi ar eich pen eich hun; mae pobl yn mynd drwy'r un pethau â chi. A fi wastad yn trio cofio hefyd fod pobl yn garedig, yn y bôn. Er bod y byd yn teimlo'n fawr ac yn rîli sgeri weithiau, mae'n bwysig cofio bod pobl eisiau helpu; fi'n credu mai dyna sut mae pobl yn eu craidd.

Fy enw i yw Megan

AMDANA I

Rhagenwau: Hi

O ble? Pen-y-groes, Dyffryn Nantlle

Diddordebau: Ffilmiau, darllen, pobi, sgwennu, cerddoriaeth (chwarae ffliwt, sacsoffon, gitâr a phiano)

Rhywioldeb: Deurywiol a demirywiol

Tri gair i ddisgrifio ti dy hun: Creadigol, sensitif, empathetig

FY HOFF BETHAU

Hoff gân: Mor anodd dewis un ... neu ddeg, hyd yn oed! Ond dwi'n troi at y rhai yma'n eitha aml: 'If I Were a Fish' gan Corook, 'That Funny Feeling' gan Phoebe Bridgers/Bo Burnham, 'Fel i Fod' gan Adwaith, 'Life on Earth' gan Snow Patrol a 'Bridoll' gan Cerys Hafana.

Hoff anfail: Cathod a chŵn

Beth wyt ti'n wneud? Sgwennu, sgriptio a golygu llyfrau plant

PAM WYT TI'N CYFRANNU I'R GYFROL?

Dwi isio cynyddu gwelededd pobl ddeurywiol a phobl sydd ar y sbectrwm anrhywiol.

Demirywiol: Pobl sydd ond yn profi atyniad rhywiol wedi iddyn nhw ffurfio cysylltiad emosiynol dwys efo unigolyn arall.

Anrhywiol: Mae anrhywioldeb yn derm cwmpasol sy'n bodoli ar sbectrwm. Nid yw rhai pobl sydd ar y sbectrwm anrhywiol yn teimlo atyniadau rhywiol o gwbl, ond mae eraill yn teimlo rhywfaint, neu ond yn teimlo atyniadau mewn sefyllfaoedd penodol.

Anrhamantus: Pobl sydd ddim yn teimlo unrhyw atyniad rhamantus, neu efallai eu bod yn teimlo llai o atyniad na phobl sydd ddim yn uniaethu efo'r term. Fel yr hunaniaeth anrhywiol, mae anrhamantusrwydd hefyd yn derm cwmpasog sy'n bodoli ar sbectrwm.

Mae'n bosib bodoli ar unrhyw le ar y sbectrwm anrhywiol neu anrhamantus; gall rhywun fod yn gwbl anrhamantus ond dal i deimlo atyniadau rhywiol, er enghraifft, neu gall unigolyn beidio â theimlo llawer o atyniad rhywiol er eu bod efo'r capasiti i syrthio mewn cariad a bod mewn perthynas. Mae'r posibiliadau o'r ffyrdd y gall rhywun fodoli ar y sbectrwm anrhywiol yn ddiddiwedd, bron.

Perthyn

Ers i mi gofio, dwi wastad wedi bod isio perthyn ymysg fy nghyfoedion, ond 'nes i ddechrau sylwi yn yr ysgol gynradd nad o'n i'n teimlo cweit yr un pethau â phawb arall. Dechreuodd yr *acephobia* mewnol fwyta fy hunanhyder i bryd hynny. Er, ar y pryd, wrth gwrs, doedd gen i'm syniad mai *acephobia* oedd hyn; roeddwn i jyst efo'r teimlad dwfn, greddfol 'ma bron fod 'na rwbath mawr o'i le yn nyfnderoedd fy mod.

Dim ond dwysáu wnaeth y teimlad hwnnw yn ystod fy arddegau. Dwi'n cofio teimlo'n israddol iawn i bawb arall gan nad o'n i'n ysu am y profiadau y dylai pob *teenager* ei gael: cusan gyntaf, colli *virginity*... doedd y pethau hynny jyst ddim yn fy niddori i gymaint â'm cyfoedion, er fy mod i'n dal i freuddwydio am syrthio mewn cariad. Wrth i ti dyfu i fyny, mae chwilfrydedd a chyffro am ryw ym mhob man, ac mae 'na ddisgwyliadau hefyd – mae cymdeithas yn obsesd efo'r syniad fod pob *teenager* yn obsesd efo cael rhyw. Felly, os ti ddim cweit yn teimlo'r atyniadau hynny yn yr un ffordd â phawb arall, ti'n dechrau amau dy fod wedi torri, rywsut.

Yn ystod fy mlwyddyn gyntaf yn y brifysgol, darganfyddais a dechreuais ddathlu fy hunaniaeth fel person deurywiol, ond ro'n i'n dal i deimlo fod rhan fawr ohona i ar goll – yn wahanol. Ro'n i'n teimlo fel petawn i'n sownd tu ôl i waliau bocs gwydr, yn sbio ar bawb arall yn byw eu bywydau bodlon, yn perthyn fel petai perthyn yn hawdd. Ond ar ôl darganfod bodolaeth y termau demirywiol a'r sbectrwm anrhywiol ar y we, chwalodd rhai o'r waliau hynny. O'r diwedd, dechreuais amau nad oeddwn i wedi 'torri' yn llwyr, wedi'r cwbl.

Mae *acephobia* yn gwneud i mi deimlo fel nad ydw i'n perthyn mewn unrhyw gylch neu gymuned weithiau, hyd yn oed rhai cwiar, gan fod y lythyren 'A' yn aml yn anweladwy yn yr acronym LHDTCRA+. Dwi wedi troi i gasáu fy hun a'm 'diffyg' gymaint nes pryderu y bydda i byth yn gallu ymwared â'r holl hunangasineb. Ond er bod llawer o annealltwriaeth ynghylch y sbectrwm anrhywiol yn bodoli o hyd, dwi wedi dechrau teimlo rhywbeth yn ddiweddar, rhyw shifft ym mhocedi dyfnaf fy nghalon, a hynny yn sgil cynrychiolaeth gynyddol o bobl ar y sbectrwm anrhywiol, diolch i gyfresi fel *Heartstopper* a *Sex Education*. Dwi dal ddim yn gwbl falch o fy hunaniaeth, ond dwi wedi dechrau dod allan ac wedi cael fy nghyflwyno i gymuned newydd a theimlad gwefreiddiol o dderbyn a pherthyn nad oeddwn i erioed wedi'i deimlo o'r blaen.

Yn 2020 'nes i gyhoeddi nofel ar gyfer pobl ifanc o'r enw *tu ôl i'r awyr*. Mae'r ddau brif gymeriad yn y nofel yn aelodau o'r gymuned LHDTCRA+, un yn *bi* a'r llall yn anrhywiol. Ar y pryd, doeddwn i heb ddod i delerau efo fy mherthynas i efo'r sbectrwm anrhywiol – i fod yn onest, 'nes i ddim sylweddoli fod y cymeriad yn anrhywiol nes ar ôl i'r llyfr gael ei gyhoeddi – felly does 'na ddim sôn penodol am anrhywioldeb y cymeriad yn y nofel o gwbl. Ond ers hynny, dwi wedi cael cyfle i gyfieithu'r nofel i'r Saesneg, ac yn y fersiwn hwnnw, mae'r drafodaeth ar anrhywioldeb yn amlycach. Mae hynny'n dystiolaeth, dwi'n meddwl, fod derbyn chdi dy hun fel y chdi go iawn yn bosib, gydag amser, dim ots pa mor ddwfn mae dy ffobia mewnol wedi treiddio. Gobeithio, felly, pan gaiff y fersiwn Saesneg hwnnw ei gyhoeddi, y bydd yn gysur i rai pobl ifanc sy'n teimlo fel nad ydyn nhw'n perthyn chwaith.

Ar hyn o bryd, dwi'n uniaethu fel unigolyn deurywiol a demirywiol. Ond i fod yn onest, dwi 'rioed wedi bod yn rhy hoff o labeli achos dwi'n meddwl fod hunaniaeth yn rhywbeth hylifol sy'n gallu newid a datblygu dros amser wrth i ti dyfu a dysgu mwy amdanat ti dy hun a'r gymuned LHDTCRA+. Mae'n ocê os nad oes 'na faner sy'n dy gynrychioli di ac mae'n ocê os mai ti ydi'r *plus* yn yr acronym LHDTCRA+. Dyna sydd mor hyfryd am y gymuned hon; ti ddim angen label i berthyn, ti jyst angen bod yn chdi dy hun, yn dy gyfanrwydd, beth bynnag ydi hynny. Mi wyt ti'n perthyn, beth bynnag wyt ti'n ei deimlo, neu ddim yn ei deimlo, a does 'na'r un peth sy'n gallu tynnu hynny oddi wrthot ti.

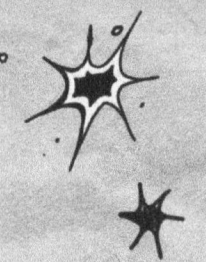

> Fy enw i yw **Martha**

AMDANA I

Rhagenwau: Nhw/Hi

O ble? Dwi'n byw yn Waunfawr ger Caernarfon.

Diddordebau: Mae gen i ddiddordeb mewn cerddoriaeth, darllen, gwleidyddiaeth a hanes.

Rhywioldeb: Cwiar

Tri gair i ddisgrifio ti dy hun: Digrif/rhyfedd, gobeithiol, chwilfrydig

FY HOFF BETHAU

Hoff gân: Cwestiwn anodd i DJ! Dwi'n mwynhau lot o ganeuon gwahanol, ond ar hyn o bryd dwi'n hoff iawn o 'Allwedd' neu 'Pen y Mynydd' gan Bwncath a 'Graceland Too' gan Phoebe Bridgers.

Hoff anifail: Bele'r coed a defaid Hebrideaidd

Beth wyt ti'n wneud? Mae gen i gefndir yn y celfyddydau a barddoniaeth - dwi'n ceisio dod o hyd i ffordd i wneud y rhain yn rhan o fy mywyd gwaith.

PAM WYT TI'N CYFRANNU I'R GYFROL?

Fel dysgwr Cymraeg a llenor newydd, mae hwn yn gyfle gwych i wneud cysylltiadau â phobl greadigol Cymraeg eraill a meddwl ar y cyd am brofiadau Cymraeg, yn enwedig rhai cwiar.

Author's note: I have lived in Gogledd Cymru for around three years now, three winters of being surrounded by the ever-changing landscapes of Eryri whilst learning yr iaith Gymraeg. Entering into y gymdeithas Gymraeg whilst also exploring the personal, internal landscapes of my queerness – in all its non-linear, non-normative ways – has drawn me to write a series of musings on the Trans/Traws words and ways of Welsh.

Trawstrefa - Transhumance

The curves of your contours and sheep tracks traverse – hidden paths – shifting maps where we have meandered and talked – escaped to edges – after school together, homework finished, pretences made, then out the back door to meet with you where pine trees and peat meet – the sky comes up to greet us cocooned by mist and moss up the moel with you.

From Hafod to Hendref and back again – the cycle of the year, the circle of the sun/moon's path ... parts of a whole between here and there.

This is an acoustic land, the echoes of past eras, people – listen carefully and you may hear their secrets told only to the hills around – with pride from the top of their peaks or with quiet confidence between alcoves and crags ... Fy Nghynefin – teimlad o dderbyniad rhwng yr afon a'r môr.

And it's so fleeting and ethereal, points of view in the line of time. Dreaming here, dreaming there. You think you're the first one on the top of a mountain, but there were probably many people there before you.

— Anonhi[1]

My hairy calves and your bracken-thicketed flanks   only the mountain and me
    my feet and fingers sink into below ground   freezing under silent moonlight
  scintillating shifting light   our other selves   elsewhere far from others for now
and all the better for it.

Edrychwch! Glimmers of hope appear ... there's queers in them there (their/they're) hills – the moulding, mossy, mulching, nebulous/niwlog ... chwynnyn mewn agennau – er gwaetha pawb a phopeth.

---

[1] Anonhi is a queer performance artist and musician. This quote comes from their article for the Atmos online magazine, "On Queer Ecology and Trans Ferality".

Trawsieithu – Trans-languaging

>What name are you known by today?
>Beth yw dy enw heddiw?
>Will I even see you?
>I'w weld.
>When can I see you …
>Or will you wrap yourself up and brood behind sheets of silken grey moist air …?
>Dan orchudd o niwl sidanaidd.

Moel Eilio is known by two names – Eilio – supporting the ridge that leads to Yr Wyddfa and colloquially as the Hill of the Hue … it changes minute by minute, day by day and season by season. It supports too the track of the moon which rolls up and down the hillside on still, clear nights: Unwaith yn y Pedwar Amser.

Pan dwi'n torheulo mewn enfys o olau lleuad wrth i mi edrych dros y bryniau liw nos.

Trawsleoliad – Translocation

Pride in Welshness and Pride in Queerness are not mutually exclusive. Wales is a place where identity is constantly up for debate – ever more so in a time of increasing activism amongst Welsh language, Independence and Queer communities – and the intersections between these and other experiences of plural, non-binary (in the broadest sense of the term) Welshness.

Not being a native of Cymru I naturally feel somewhat gwahanol (different) from time to time – an experience not unlike exploring queerness – how do you communicate the complexity of such an experience – y profiad Cymraeg, cwiar neu y naill a'r llall. Yn enwedig pan ydych yn falch o fod yn wledig hefyd.

Trawsnewidiol – Transitional

> The caverns of the old quarries
> will keep our secrets
> For now
> I will tell each piece of slate
> Echoing acknowledgement
> acceptance

Your scars healing, whilst birds wheeling ever overhead – your strength in your staying – you are old and young all at once – wise is the wind – your creation of clouds that roll over and off you.
Resonate, resonant and resolute.

> *Ond fel 'na wyt ti a fel yna ti fod,*
> *Does 'na neb arall fel chdi yn bod.* – Bwncath

Trawswladol – Transnational

Cities are not the only answer to finding community in Cymru if you're young and queer – although it might not be the super-social metropolitan experience of people from Caerdydd. The pace of life is slower here … fewer people, more space to breathe, the ability to know one's Milltir Sgwâr.

> These hills have been here for time
> They've seen it all before
> There is the place:
> Their slope-slate sides
> Known to themselves
> For centuries, millennia
> Before and After
> We all have been through
> The trials, tribulations – tributaries
> Of the valleys below

> Fy enw i yw
> **Anest**

AMDANA I

Rhagenwau: Hi

O ble? Yn wreiddiol o Ddyffryn Nantlle ond wedi fy lleoli yng Nghaerdydd ar hyn o bryd.

Diddordebau: Darllen llyfrau da, gwrando ar gerddoriaeth dda, darganfod ffeithiau randym ar Wikipedia (yn enwedig rhai ieithyddol) a bod tu allan.

Rhywioldeb: Deurywiol

Tri gair i ddisgrifio ti dy hun: Gwirion, eangfrydig, gobeithiol

FY HOFF BETHAU

Hoff gân: 'Someone Tell the Boys' gan Samia

Hoff anifail: Fy nghath ddu, Pantera, sy'n 14 oed

Beth wyt ti'n wneud? Ymchwilydd cymdeithasol

PAM WYT TI'N CYFRANNU I'R GYFROL?

Dwi'n cyfrannu er mwyn codi'r sŵn ar leisiau deurywiol yma yng Nghymru.

Y Safbwynt Manteisiol Deurywiol

Un noson y gaeaf diwethaf, roedd fy nghariad, ein ffrind a finnau'n cerdded tuag at ganol dinas Caerdydd ar hyd Heol Casnewydd, yn anelu tuag at ryw ddigwyddiad. Dwi ddim cweit yn gallu cofio beth oedd y digwyddiad hwnnw. Dwi ddim yn gallu cofio beth oedd y dair ohonon ni'n ei wisgo chwaith, ond er gwybodaeth, mae gen i wallt byr, byr a septwm wedi'i dyllu ac mae fy nghariad *wastad* yn cadw'i goriadau ar garabiner ar ei chlun. Gan gofio'r portread ystrydebol hwnnw o ddynes cwiar, nid yw'n anodd canfod *efallai* nad ydyn ni'n syth.

Felly, roedd tair dynes ddeurywiol yn cerdded i lawr y stryd. Roedd dwy ferch yn dod tuag aton ni, ac wrth iddyn nhw nesáu, pwyntiodd un ohonyn nhw i lawr tuag at ein hesgidiau.

"O, dwi'n meddwl eich bod chi 'di gollwng eich —"

Edrychon ni'n tair ar y llawr, yn ddiolchgar yn gynamserol i'r dieithryn am dynnu'n sylw at beth bynnag oedd un ohonon ni wedi'i ollwng.

"— cerdyn hoyw."

Yn sydyn, trodd ein diolchgarwch yn wingo pigog. Cawson ni ein tawelu a'n syfrdanu gan y sylw annisgwyl ac o ganlyniad fe dreulion ni weddill y dro'n trafod — gan ddifaru — beth ddylai ein hymateb delfrydol, ffyrnig fod wedi bod.

Dechreuais ddod allan fel person deurywiol pan oeddwn i'n dair ar ddeg oed, a thros y blynyddoedd rydw i wedi darganfod fy mod i'n eitha da am anwybyddu unrhyw *biphobia* sydd wedi'i anelu tuag ataf — weithiau'n cael ei guddio'n anfwriadol o fewn sylw wrth basio ond weithiau'n gasineb amlwg. Mae'n fraint ryfedd i mi ddweud mai ychydig iawn, iawn o'r olaf o'r ddau ydw i wedi ei dderbyn, a bod y rhan fwyaf o'r hyn rydw i wedi'i glywed fy hun wedi bod yn sgil anwybodaeth, yn fwriadol ai peidio. Mae wedi digwydd i mi ar ffurf rhywioli cudd yn bennaf — bechgyn yn sleifio i wylio wrth i mi gusanu merch arall, neu ferched yn gofyn a fyddwn i'n eu cusanu nhw er mwyn iddyn nhw greu argraff ar fechgyn. Y math yna o beth.

Yn ystod y deng mlynedd diwethaf o fynd allan efo dynion yn bennaf, rydw i wedi cael rhywfaint o amddiffyniad emosiynol rhag yr agweddau sarhaus hynny. Doedd y sylwadau byth yn treiddio'n rhy ddwfn oherwydd doedden nhw ddim yn effeithio ar fy statws cymdeithasol, ac roedd bod mewn perthynas a oedd yn cydymffurfio'n gymdeithasol yn rhwyd ddiogelwch ynddi'i hun. Diolch i natur heteronormadol ein cymdeithas, ni theimlais erioed fy mod yn cael fy marnu am fod mewn perthynas efo dyn, hyd yn oed os oedden ni'n dau'n cwiar. Gallwn guddio fy hunaniaeth cwiar y tu ôl i'r berthynas pe bawn i eisiau gwneud hynny. Newidiodd pethau pan wnes i gyfarfod fy nghariad presennol.

Wrth i mi syrthio mewn cariad efo hi, fe wnes i ddechrau sylweddoli na fyddai gen i ddewis ond addasu i fod yn gwbl weladwy fel dynes cwiar. Nid oeddwn i'n gallu cuddio fy rhywioldeb bellach y tu ôl i'r *veneer* a oedd yn caniatáu i mi basio fel person syth. Sylwais fy mod yn teimlo'n bryderus am fod yn gariadus tuag ati hi yn gyhoeddus; ar un o'n dêts cyntaf, yn union fel yr oedden ni ar fin cusanu ar lôn wag, teimlais bigiad drwgargoelus o ofn wrth i ddieithryn gerdded heibio'r gornel o orsaf Cathays. Fe wnaethon ni gusanu, ac ni wnaeth unrhyw beth ddigwydd y tro hwnnw, ond yn anffodus fe wnaeth y digwyddiad yn ddiweddarach ar Heol Casnewydd ddilysu'r pryder hwnnw. Y math o bryder nad oeddwn erioed wedi'i deimlo gyda chariadon a oedd yn ddynion.

Gofynnodd hen fodryb i mi yn ddiweddar a oedd gen i bartner:
"Ydi o'n Gymro?"
"Na, ond mae ei thad hi'n dod o Sir Benfro."
Doedd hi ddim wedi bwriadu gwneud unrhyw niwed, ond roedd ei chwestiwn wedi fy mrifo beth bynnag. Roedd yn fy atgoffa bod heteronormadaeth yn dal i bwyso ar bobl i wneud rhagdybiaethau, sydd yn ei dro'n pwyso arnon *ni* i aros yn y closet diarhebol. Os ydw i'n mynd allan efo dyn ac maen nhw'n meddwl fy mod i'n syth, pam cymhlethu pethau? Dwi'n bell o fod yr unig berson *bi* i deimlo hyn. Yn 2020, cyhoeddodd Stonewall *Bi Report* sy'n crynhoi eu canfyddiadau ar brofiadau miloedd o bobl ddeurywiol ym Mhrydain. Yn eu sampl, roedd 80% o bobl ddeurywiol heb ddod allan i bob aelod o'u teulu, a doedd 64% heb ddod allan i'w ffrindiau — felly roedd y bobl ddeurywiol *lai na hanner mor debygol* o fod allan na'r bobl hoyw a lesbiaidd yn yr astudiaeth.

Y merched coeglyd ar Heol Casnewydd, y pryder roeddwn i'n ei deimlo wrth gusanu fy nghariad, y weithred o gynnal naratif o basio fel person syth … Maen nhw i gyd yn cynrychioli'r gagendor hollbresennol sy'n gwahanu agweddau tuag at berthnasoedd o'r un rhyw a pherthnasoedd o'r rhyw arall. Mae deurywioldeb yn teimlo fel y safbwynt manteisiol gorau i mi allu arsylwi a phrofi'r gagendor hwnnw.

Er na ddaethon ni i gasgliad ynglŷn â pha ymateb fyddai wedi llosgi fwyaf, dwi'n falch fy mod wedi cyrraedd pwynt yn fy mywyd lle byddai'n well gen i ollwng fy ngherdyn hoyw ar y llawr na bod â gormod o gywilydd i'w dynnu allan yn y lle cyntaf. Dwi wir ddim yn gwybod pwy fyddwn i pe na bawn i'n ddeurywiol.

> Fy enw i yw Mei

AMDANA I

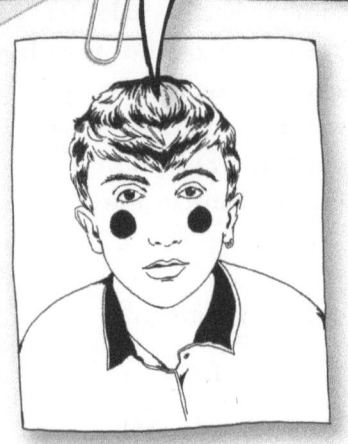

Rhagenwau: Fe/Nhw

O ble? Pentre'r Bryn, Ceredigion, ond yn byw yn Llundain bellach.

Diddordebau: Gwnïo a dylunio gwisgoedd gwisg ffansi ar gyfer mynychu gwyliau!

Rhywioldeb: Cwiar

Tri gair i ddisgrifio ti dy hun: Cymdeithasol. Meddylgar. Anghydsyniol.

FY HOFF BETHAU

Hoff gân: Mae'n newid yn gyson, ond 'Sunset' gan Caroline Polachek wedi bod yn ffefryn ers peth amser bellach.

Hoff anifail: Jiráff

Beth wyt ti'n wneud? Artist dawns: perfformiwr, coreograffydd a chyfarwyddwr symud.

PAM WYT TI'N CYFRANNU I'R GYFROL?

Dwi'n credu bod y syniad o ddogfennu profiadau unigolion cwiar creadigol yn syniad cyffrous. Mae'r gyfrol yn llawn o bobol liwgar a hyfryd ac mae'n braf cael dathlu hynny a rhannu ein straeon.

'Nes i ddod mas, dod i 'nabod fy hunan, dod i delerau gyda fy rhywioldeb a fy hunaniaeth fel person cwiar tra ro'n i'n byw yn Llundain, felly fe wnaeth hyn greu rhyw fath o anghydfod rhwng dwy elfen bwysig o fy hunaniaeth – fy Nghymreictod a fy hunaniaeth cwiar. Do'n i ddim cweit yn gallu dod â'r ddwy elfen ynghyd i ddechrau. Gan fy mod i wedi dod mas yn Llundain, pan o'n i'n mynd 'nôl i Gymru, doeddwn i ddim cweit yn siŵr sut i fodoli fel person cwiar yno. Ond dwi'n cofio 'Mas ar y Maes' yn cychwyn yn Eisteddfod Genedlaethol Bae Caerdydd 2018, a'r ddau beth yn dechrau clicio a dwi'n cofio meddwl, 'Waw, ma' 'na ofod i bobl cwiar Cymraeg!'

Ambell waith, mae hunaniaeth yn aneglur, ac mae hynny'n ocê. Does dim rhaid gwybod yn gwmws sut ti'n hunaniaethu. Dwi'n credu bod aneglurdeb am dy hunaniaeth *probably*'n beth da. Mae 'na bwyse i ateb cwestiynau fel 'pwy wyt ti?' a 'beth wyt ti?' Ond os wyt ti'n penderfynu, 'wel, fi yn hyn, ond fi hefyd yn hyn, ond dwi ddim yn siŵr beth yw hynna a beth mae'n olygu!', mae hynny'n *fine*. Mae 'na ddisgwyliad, yr angen 'ma i glustnodi label ar bwy wyt ti neu beth wyt ti, ond dwi'n credu'i bod hi'n bwysig nodi hefyd fod hynny'n gallu newid ar unrhyw adeg, neu falle fod y label yna'n cynnwys deg gair! Does dim angen iddo fod mor ddu a gwyn; dyna'r pwysau mae cymdeithas yn ei roi arnat ti. Felly, mae'n ocê i fod yn y canol, ac i newid dy feddwl hefyd.

Yn fy siwrne i o ddarganfod pwy ydw i, dwi'n dod i ddefnyddio'r gair cwiar fwy a mwy wrth ddisgrifio fi fy hun achos mae'n cwmpasu lot o bethau gwahanol, a dwi ddim yn gorfod rhoi label penodol ar fy rhywioldeb neu rywedd. I mi, mae'r gair cwiar yn hollgynhwysol ac yn agored. Mae cyfanwaith ein hunaniaeth ni wedi'i adeiladu o lot o bethe gwahanol, dwi'n credu. Rhai pethe dwi'n falch ohonyn nhw ambyti fy hun, fel bod yn berson o Gymru sy'n siarad Cymraeg, ac ambell beth dwi wedi tyfu i fod yn falch ohonyn nhw dros amser, fel fy hunaniaeth fel person cwiar – mae rhain yn elfennau rîli pwysig o fy hunaniaeth i. Ond dyw e ddim jyst y pethe hynny ar eu pennau eu hunain – mae'r elfennau 'ma i gyd yn gwehyddu gyda'i gilydd i greu rhyw fath o garthen liwgar; mae'r pethe yma i gyd yn cyffwrdd â'i gilydd, yn cysylltu ac yn effeithio ar ei gilydd, yn cyfoethogi pwy ydyn ni gan wneud rhyw fath o *lasagne* cymhleth (ond blasus) o bopeth.

Mae'r siwrne 'na o ddod allan a darganfod fi fy hun ynghlwm â bod yn ddawnsiwr ac yn rhywun sy'n defnyddio'r corff mewn amrywiol ffyrdd creadigol. Mae'n golygu bod fy nghorff i'n teimlo fel lle diogel i fi erbyn hyn, sydd falle'n rhywbeth sy ddim wastad 'di bod yn wir i fi fel person cwiar. Mae dawnsio'n ffordd i mi wneud rhyw fath o synnwyr o fod yn Gymry *ac* yn cwiar. Doeddwn i ddim yn siŵr iawn sut i fod yn y naill le na'r llall; sut i fod yn Gymry yn Llundain a sut i fod yn hoyw yng nghefn gwlad Ceredigion, ond roedd dawns yn fy helpu i weithio mas beth oedd y cysylltiad rhwng y ddau beth.

Dwi wedi creu Qwerin, perfformiad dawns gyfoes sy'n ddathliad o'r cydblethu hwnnw. Mae Qwerin yn gymysgedd o ddawnsio gwerin traddodiadol Cymreig gyda dylanwadau clybio nos a bywyd nos cwiar, ac yn dod â'r ddau fyd 'na ynghyd mewn ffordd sy'n plethu diwylliant, yn dathlu hynny ac yn dathlu darganfod cymuned. Mae Qwerin yn gosod dawnsio gwerin mewn golau newydd. Ond nid pwrpas y gwaith yw i danseilio pwysigrwydd cadw a gofalu am y traddodiad yn ei ffurf bresennol, ond yn hytrach, herio traddodiad a dathlu'r ddawns mewn ffurf newydd; gwarchod diwylliant yn ogystal â chroesawu newid.

Mae 'na le yn y byd ac yng Nghymru i chi allu bod yn chi, a hyd yn oed os nad ydych chi wedi ffeindio'r lle 'na 'to, jyst trystiwch ei fod e'n bodoli a bod 'na bobl sy'n rhannu'r un profiadau â chi mewn rhyw ffordd. Mae *queer joy*, llawenydd cwiar, yn thema gyson yn fy ngwaith ac yn fy mywyd bob dydd; dwi'n darganfod y llawenydd cwiar yn y ddau le. Felly, dwi eisiau dweud wrth bobl fod llawenydd cwiar yn bodoli ac mae'n gallu bodoli i chi hefyd; mi allwch chi ei ffeindio fe – mae e allan yna.

Fy enw i yw **Leo**

AMDANA I

Rhagenwau: Fe/Fo

O ble? Caerdydd

Diddordebau: Ffilm, theatr, barddoniaeth, celf

Rhywioldeb: Cwiar

Tri gair i ddisgrifio ti dy hun: Creadigol, cyfeillgar, hwyl

FY HOFF BETHAU

Hoff gân: 'Dos yn dy Flaen' gan Bwncath

Hoff anifail: Ci (lemon beagle)

Beth wyt ti'n wneud? Sgwennu

PAM WYT TI'N CYFRANNU I'R GYFROL?

Mae cynrychiolaeth yn ofnadwy o bwysig, yn enwedig ar gyfer pobl ifanc. Mae'n fraint i allu rhannu fy mhrofiadau i yn y gobaith y bydd yn helpu/ysbrydoli eraill.

Chwaraeon

Mabolgampau. Yr hunllef sy'n dod unwaith bob blwyddyn. Sut alla i eu hosgoi eleni? Mam yn dod i ddeffro fi yn y bore a dyma fi yn chwarae rôl bwysicaf fy mywyd: plentyn sâl. Dwi'n peswch a sniffian, yn rhoi mlân y llais isel sy'n ennyn cydymdeimlad. Cwtshio 'nôl yn fy mlanced fel na all neb fy rhwygo oddi wrthi. Ond dyma Mam yn dinistrio fy nghynlluniau.

'Dwi'n methu aros adref i edrych ar ôl ti heddi felly bydd raid i ti fynd i'r ysgol.'

Mae'n cynnig llond llaw o dabledi i mi, a bocs bwyd sbesial sy'n cynnwys siocled a hanner brechdan tiwna ychwanegol.

Cyrraedd yr ysgol, yn siomedig am fy methiant. Sut alla i ddod mas o hyn? Dwi'n cuddio fy nillad ymarfer corff yng nghefn y dosbarth cofrestru, gan esbonio wrth Syr fy mod i wedi eu hanghofio nhw adref.

'Dim ots,' meddai. 'Dwi'n siŵr y bydd rhywbeth sbâr yn yr eiddo coll i ti'i wisgo.'

Mae ateb i bopeth heddi.

Cyfle olaf i ddianc. Dwi'n ysgrifennu nodyn 'gan Mam' yn fy llyfr cyswllt a'i lofnodi gyda'r llofnod ffug dwi wedi bod yn ei ymarfer ers blwyddyn 7.

Mae fy mhlentyn yn sâl felly ni fydd yn gallu cymryd rhan heddiw. Diolch.

Perffaith.

Gwers 1. Bechgyn yn chwarae pêl-fasged. Merched yn chwarae pêl-rwyd … Dim diolch.

Gwers 2. Bechgyn yn chwarae rygbi. Merched yn rhwyfo … Na.

Gwers 3. Bechgyn yn chwarae pump bob ochr a merched yn chwarae hoci. A dweud y gwir, dwi'n mwynhau hoci, ond mae'n well gen i beidio.

Gwers 4. Bechgyn yn brwydro yn erbyn ei gilydd mewn gêm *tug of war*. Merched yn chwarae'n saff yn y gampfa yn neud athletau … ti'n jocan!

Gwers 5. Pawb yn dod at ei gilydd yn y neuadd i chwarae ping pong. Y tro cyntaf i mi gwrdd â'r *opposite sex* ers cofrestru.

O'r diwedd, cyfle i mi chwarae gêm heb fecso am bwy ydw i'n chwarae gyda nhw nac yn eu herbyn. Mewn timoedd cymysg, mae'n teimlo fel bod lle i mi o'r diwedd. Does gen i ddim sgìl yn y maes yma ond o leia dwi'n cael cyfle i neud rhywbeth. Dydy ffitrwydd ddim mor hawdd pan ti'n casáu'r corff ti'n byw ynddo. Ond am yr awr yma, gyda'r bois o'm cwmpas i, a pheli ping pong yn hedfan o gwmpas y lle, galla i ddychmygu fy mod i'n un ohonyn nhw. Un awr yn y pedair awr ar hugain pan nad ydw i'n teimlo'n rong. Wel, yn llai rong na'r arfer.

Crysau

Diwrnod ola'r ysgol, pawb yn methu aros i'r gloch olaf ganu. Dyma'r foment mae hanner y flwyddyn wedi aros amdani. Y foment gyntaf iddyn nhw adael addysg. Dim mwy o waith cartref na thraethodau diflas. Dweud hwyl fawr wrth yr athrawon llym oedd yn amlwg yn casáu plant, a ffarwelio â'r athrawon da wnaeth wir neud gwahaniaeth.

Pawb yn arwyddo crysau polo *navy* eu ffrindiau efo *sharpies* aur, arian a chopr. Yr union 'run paced o dri brynodd pawb o'u siopau lleol. Ond wrth gwrs, mae'r disgyblion celf yn arwyddo efo *posca pens* ffansi gwyn, drud. Complimento'r *navy*, medden nhw ... fe fydda i'n colli rhai yn fwy nag eraill, yn amlwg. Enwau yn dechrau llenwi'r crysau, fesul dosbarth, a dyma *pen* yn cael ei rhoi yn fy llaw a chefn fel canfas yn fy wynebu.

Beth ddylwn i roi?

Mae gen i enw newydd does neb yn ei wybod eto. Dwi wedi bod yn arwyddo fy ngwaith gyda fy nghyfenw, Drayton, ers dechrau'r flwyddyn. Mae arholiadau yn defnyddio rhif TGAU ta beth felly dydy'r enw'n ddim o bwys iddyn nhw. Dydy llyfrau na gwaith cartref ddim hyd yn oed yn cael y pleser o gael enw llawn arnyn nhw.

Fedra i ddim ysgrifennu fy enw rhoddedig, yr hen enw sy'n rhoi cur pen i mi. Yr enw sy'n gysylltiedig â'r pethau sydd yn well gen i anghofio amdanyn nhw. Y fersiwn ohona i yr hoffwn i ei gladdu yn y goedwig yn bell, bell i ffwrdd fel na all neb ei darganfod 'hi' byth eto. Nid hi dwi moyn iddyn nhw'i chofio. Yn y dyfodol, pan fydd fy nghyd-ddisgyblion yn ffeindio'u crysau mewn bocs neu yng nghefn drôr yn hel llwch, dydw i ddim eisiau eu hatgoffa nhw o'r person trist, cymhleth oedd byth yn hyderus na chyfforddus yn ei gorff ei hun.

Dwi **angen** i bawb wybod fy mod yn falch ac yn gryf yn y person dwi am dyfu i mewn iddo. Y bachgen newydd dydyn nhw ddim yn ei 'nabod eto. Ond mi fyddan nhw!

LEO x

> Fy enw i yw **Iseult**

AMDANA I

Rhagenwau: Hi/Nhw

O ble? Casnewydd

Diddordebau: Creu, cynhyrchu a rhyddhau cerddoriaeth, chwarae Minecraft

Rhywioldeb: Lesbian

Tri gair i ddisgrifio ti dy hun: Creadigol, carismatig, doniol

FY HOFF BETHAU

Hoff gân: 'Give Yourself a Try' gan The 1975

Hoff anifail: Oen

Beth wyt ti'n wneud? Astudio Cymraeg a'r Cyfryngau

PAM WYT TI'N CYFRANNU I'R GYFROL?

Dwi'n gobeithio y bydd rhannu fy mhrofiadau yn cyfrannu at gasgliad o naratifau gan fagu synnwyr o ddiogelwch a dealltwriaeth ar gyfer cenedlaethau o unigolion ifanc cwiar y dyfodol.

Pan oeddwn i'n dair ar ddeg, fe wnes i ddechrau deall 'mod i'n gweld merched yn ddeniadol. Roedd deall a dygymod gyda fy hunaniaeth yn siwrne anodd iawn. Mae derbyn dy hun yn sialens ddyddiol ac o 'mhrofiad i mae dod yn gyfforddus gyda phwy ydw i wedi bod yn broses raddol. Ond dwi wedi dysgu fod bod yn driw i mi fy hun yn bwysig iawn. Mae'r heriau mwyaf dwi wedi'u hwynebu wedi bod yn rhai cymdeithasol, yn enwedig o ran labelu. Bron nad yw cymdeithas yn mynnu bod popeth yn eglur a thaclus er bod dod i ddeall pwy wyt ti yn fwy annelwig a chymhleth na hynny.

Fe wnes i gael fy magu ar aelwyd Gristnogol ac roeddwn i'n mynd yn aml i Eglwys y Bedyddwyr ers pan oeddwn i'n blentyn. O gofio fy nghredoau ysbrydol roeddwn i'n aml yn brwydro gyda theimlo'n ddi-werth ac yn cael fy nylanwadu gan bortreadau cymdeithasol oedd yn awgrymu nad oedd cymunedau cwiar yn cael eu derbyn mewn cylchoedd crefyddol. Er bod yna rai sydd wedi cael profiad felly, mae fy mhrofiad personol i yn dangos nad dyna'r unig naratif. Dwi heb gael dim ond cariad di-ben-draw gan fy nheulu a fy nghymuned ac maen nhw wedi fy nerbyn, waeth be yw fy hunaniaeth. Yn 13 oed, fe wnes i sôn wrth y rhan fwyaf o fy ffrindiau am fy rhywioldeb ond wnes i ddim crybwyll y peth wrth lawer o fy nheulu a 'nghyd-ddisgyblion. Roedd ofn beth fyddai ymateb pobl yn pwyso arna i. Ond, fe wnes i ddysgu nad yw realiti yn dilyn ein hofnau mwyaf bob tro. Roeddwn i'n ofni y byddai'r bobl agosaf ata i yn ymateb yn negyddol ond roedd eu hymatebion yn llawer mwy cefnogol ac agored nag oeddwn i wedi dychmygu y bydden nhw.

Yn anffodus mae rhai o fy atgofion i o'r ysgol yn rhai trist. Pan oeddwn i tua 15 neu 16 oed, daeth rhai bechgyn yn fy mlwyddyn i wybod am fy rhywioldeb. Fe ges i fy mrifo gan eu hymatebion nhw; roedden nhw'n fy ngalw i'n bob math o bethau ac roedd hynny'n gwneud bywyd o ddydd i ddydd yn anodd. Wrth edrych yn ôl mae'r ffaith eu bod nhw mor blentynnaidd yn ddigri. Ond, mae yna un atgof sy'n boenus o hyd: taflodd cyd-ddisgybl gwm cnoi i fy ngwallt a 'ngalw i'n *dyke*. Er 'mod i wedi ceisio peidio meddwl am y peth a pherswadio'r athrawon fod popeth yn iawn, erbyn hyn dwi'n difaru na fyddwn i wedi siarad am y peth fwy. Gallai mynd i'r afael gydag ymddygiad fel 'na fod wedi ei atal rhag digwydd eto a falle y byddai'r ysgol wedi bod gyda gwell syniad o sut i ymateb i ddigwyddiadau tebyg. Roedd unigolion LHDTCRA+ oedd allan ac yn weledol yn brin yn fy ysgol i, gallwn i eu cyfri nhw i gyd ar un llaw. Felly dwi'n annog unrhyw un arall i beidio â dioddef yn ddistaw, nid yn unig o'ch rhan chi ond hefyd er mwyn cenedlaethau'r dyfodol. Mae pob achos o wahaniaethu neu gam-drin yn haeddu cael ei gymryd o ddifri a'i ddatrys.

Ar ôl i fi orffen TGAU fe wnes i benderfynu gadael yr ysgol a mynd i goleg heb fod yn rhy bell i wneud fy Lefel A. Fe ddaeth y dewis i beidio mynd i'r chweched yn sgil y ffaith fod gen i angerdd dros ddal ati ar fy siwrne fel dysgwr Cymraeg ail iaith, pwnc nad oedd fy ysgol yn ei gynnig ar gyfer Lefel A. Er bod gadael wedi rhoi ychydig o bryder i mi, dwi ddim yn difaru o gwbl erbyn hyn. Roedd mynd i'r coleg yn newid braf ac roedd yna gymuned amrywiol yno ac fe ddes i ar draws pobl y medrwn i uniaethu gyda nhw. Er 'mod i'n ansicr, fe wnes i benderfynu rhannu fy rhywioldeb gyda fy ffrindiau newydd. Roeddwn i'n falch pan wnaeth fy ngonestrwydd arwain at gryfhau ein cysylltiadau ac roedd gen i gyfle i fod yn fi fy hun heb ofni cael fy meirniadu. Fe wnaeth un ffrind rannu ei thrafferthion hithau gyda ei hunaniaeth, gan sôn ei bod yn chwilfrydig am ei rhywioldeb ac yn awyddus i fentro y tu hwnt i berthnasau gyda bechgyn. Roeddwn i mor falch ei bod hi yn gyfforddus i rannu pethau mor agos at ei chalon gyda mi. Er nad oedden ni'n ffrindiau agos ar y pryd fe wnaeth y ffaith 'mod i mor agored ac yn barod i'w derbyn olygu ein bod ni wedi dod yn ffrindiau da ar ôl iddi rannu. Yn wahanol i fy mhrofiad i yn yr ysgol pan wnaeth sibrydion ymledu mor sydyn, roedd hi'n gwybod na fyddwn i'n ei bradychu hi ac yn troi ei hanes hi'n stori fawr.

Pan ddes i i'r brifysgol fe wnes i gael fy hun mewn cylch cefnogol tebyg o ffrindiau, gyda mwy nag un yn trafod eu teithiau personol nhw wrth iddyn nhw ddod i ddeall eu hunaniaeth, gan gynnwys eu rhywioldeb. Fe roddodd amgylchfyd fel hyn gyfle i mi ddod i ddeall fy hun yn well ac i sylweddoli fod y broses o hunanddarganfod yn un sydd byth yn gorffen ac yn perthyn i bawb.

Dyma'r cyfnod pan wnes i ddechrau meddwl am fy hunaniaeth rhywedd i a sut oeddwn i am fynegi fy hun. Doedd derbyn y rhagenwau oedd yn well gen i – hi/nhw– ddim yn hawdd i ddechrau arni, ac fe wnes i ddal yn erbyn y peth am gyfnod. Ond, wedi cysylltu gydag eraill oedd wedi rhannu profiadau tebyg fe ges i gymorth i ddod i dderbyn ac adnabod fy hun yn well.

Er nad ydw i wedi trafod hyn gyda fy nheulu eto, mae'n fater personol a sensitif iawn i mi. Dwi'n gobeithio pan fydd yr amser yn iawn y byddan nhw'n gallu derbyn y peth mewn ffordd gydymdeimladol a theg. Wrth feddwl be fyddwn i'n ddweud wrth yr Iseult ifanc fe fyddwn i'n pwysleisio bod y broses o ddod allan yn un i'w chymryd wrth fy mhwysau a bod dim rhaid brysio. Does dim rhaid teimlo pwysau gan bethau allanol, yn enwedig os oes pwysau gan bartner neu gymdeithas. Y peth pwysig yw aros yn driw i ti dy hun gan roi blaenoriaeth i hapusrwydd a dy les di. Mae hi mor bwysig cofio bod taith pawb yn unigryw a does yna ddim un ateb sy'n gweddu i bawb.

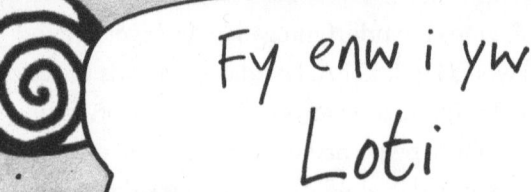

Fy enw i yw Loti

AMDANA I

Rhagenwau: Hi/Ei

O ble? Y Fenni

Diddordebau: Rhedeg, dringo, darllen

Rhywioldeb: Deurywiol

Tri gair i ddisgrifio ti dy hun: Cryf, hapus, penderfynol

FY HOFF BETHAU

Hoff gân: 'Viva La Vida' gan Coldplay

Hoff anifail: Jiráff

Beth wyt ti'n wneud? Astudio Gwleidyddiaeth a Chysylltiadau Rhyngwladol ym Mhrifysgol Aberystwyth

PAM WYT TI'N CYFRANNU I'R GYFROL?

Os bydd un person yn sylweddoli nad yw beth maen nhw'n deimlo yn anghywir neu'n od, bydda i'n teimlo fy mod wedi llwyddo yn y nod wnes i ei osod wrth ysgrifennu'r darn.

Efallai

Weithiau mae trio deall pwy ydw i fel trio gwahanu llinynnau sydd wedi'u clymu'n un belen fawr o wlân. Ti'n trio datod yr holl ddarnau i greu llun tlws a fydd yn gallu ffitio'n daclus mewn syniad sydd gan rywun arall o bwy y dylet ti fod. Dwi wedi treulio'r rhan fwyaf o fy mywyd yn trio ffitio fy hun yn y bocs taclus hwnnw; roedd gen i ddarlun o beth yw bod yn Gymraes a doedd fy neurywioldeb i byth yn gallu ffitio yn y darlun hwnnw. Dwi'n meddwl weithiau ei bod hi'n haws trio ei anwybyddu, efallai mewn ffordd sy'n wahanol i fod yn hoyw neu'n lesbiaidd. Gallet ti geisio perswadio dy hun nad dyna wyt ti; wedi'r cyfan, rwyt ti'n hoffi dynion hefyd felly pam ddylet ti wrando ar y meddyliau eraill hynny? Efallai dy fod yn ceisio'n galetach i wthio'r meddyliau o'r neilltu yn dy ben, efallai dy fod yn ceisio gwthio pob un 'efallai' o'r neilltu. Wedi'r cwbl, efallai dy fod yn berson sydd erioed wedi gweld rhywun fel ti o'r blaen. Ac yna, pan wnei di, fe ddaw dy gynrychiolaeth atat fesul tipyn trwy *sitcoms* Americanaidd neu raglenni teledu Prydeinig. Efallai nad wyt ti'n gallu dychmygu y gall rhywun fel ti ffitio i mewn i'r gymuned hon. Efallai fod bywyd rhywun deurywiol Cymraeg yn ynysig a brawychus.

Efallai fod dy anadl yn dechrau mynd, a'r byd yn teimlo fel ei fod yn dy wasgu pan fydd dy ffrind yn dweud wrthot yn chwareus dy fod yn fwy hoyw na hi, oherwydd nifer y crysau *plaid* sydd gen ti. Efallai nad wyt ti'n deall pam rwyt ti'n teimlo fel hyn oherwydd rwyt ti wedi dweud wrthot ti dy hun dro ar ôl tro dy fod yn bendant yn syth. Yn hollol. Cant y cant. Rwyt ti'n ceisio darganfod beth rwyt ti wedi bod yn ei wneud yn anghywir, pa *vibe* rwyt ti wedi bod yn ei roi. Efallai y byddi di'n newid ti dy hun, fel nad oes unrhyw un yn gwneud y ragdybiaeth honno eto.

Efallai dy fod yn tyfu i fyny ac yn sylweddoli nad *phase* ydi hyn o gwbl – ei fod o yma i aros. Rwyt ti'n atgoffa ti dy hun bob bore nad wyt ti'n wallgof, nad wyt ti'n anghywir, bod yr hyn wyt ti'n beth iawn i fod. Rwyt ti'n rhoi sticeri baneri ar dy liniadur i atgoffa dy hun bob dydd dy fod yn iawn fel yr wyt ti. Efallai dy fod yn cosbi dy hun oherwydd na fedri di newid. Efallai fod gen ti freuddwyd bell lle rwyt ti'n deffro a ti'n syth neu'n hoyw, gan fod y ddau opsiwn yn teimlo mor syml i'w cymharu gyda dy sefyllfa di. Efallai dy fod yn mynd i'r Eisteddfod ac yn gweld y nwyddau 'mam a dad' a ti'n gwybod nad wyt ti cweit yn ffitio i mewn. Rwyt ti'n ymweld â'r stondin cwiar a ychwanegwyd yn ddiweddar ac yn dod o hyd i hoywon a lesbiaid a ti'n hapus. Ond efallai ei fod yn fath gwag o hapusrwydd oherwydd ti'n gwybod, er na fyddai'r stondin wedi bod bum mlynedd yn ôl, nad oes neb yno fel ti o hyd. Efallai dy fod yn teimlo rywfaint fel dafad mae rhywun wedi ei gosod yn y goedwig law yn ddamweiniol; mae'n ymddangos bod pawb arall yn gwybod pwy ydyn nhw, a ti'n crwydro o gwmpas yn ddi-nod yn ceisio gweithio hynny allan.

Efallai y byddi di'n wyliadwrus ac yn codi waliau i warchod dy hun ym mhob sgwrs. Efallai fod sgyrsiau arferol am ffansïo pobl, nosweithiau allan a *dates* yn teimlo fel cerdded ar raff syrcas. Efallai y byddi di'n anadlu ychydig yn haws pan fydd rhywun yn dweud eu bod yn dod o Gaerdydd neu Lundain, oherwydd ti'n gwybod ei bod hi'n fwy tebygol eu bod nhw wedi cwrdd â rhywun fel ti o'r blaen. Efallai nad yw'r hyn wyt ti yn ymddangos yn rhyfedd nac yn annaturiol iddyn nhw. Efallai dy fod wedi treulio'r rhan fwyaf o dy fywyd yn dod allan dro ar ôl tro, oherwydd mae pobl yn tybio dy fod yn hoyw neu'n syth wrth edrych ar dy gariad di. Oherwydd iddyn nhw, does dim man canol. Efallai nad ydyn nhw'n gallu dy roi mewn blwch taclus pan ti'n Gymraes ac yn ddeurywiol. Rywsut, rwyt ti'n cael dy ddiffinio hyd yn oed yn fwy gan dy gariad yn hytrach na gan bwy wyt ti go iawn. Efallai y cei di'r teimlad suddedig mai *phase* fydd pwy wyt ti yng nghefn meddwl rhai pobl am byth. Efallai y byddan nhw'n teimlo'n well wrth allu dy osod mewn blwch bach taclus.

Weithiau, efallai y byddi di'n ystyried pa mor lwcus wyt ti. Roedd gen ti ffrindiau oedd yn gwybod pwy oedden nhw cyn ti, ffrindiau a wnaeth dy gofleidio a gadael i ti grio a darganfod dy hun. Rwyt ti'n gwybod fod gen ti rieni sy'n caru pob rhan o bwy wyt ti. Eu pryder mwyaf yw y bydd y byd yn dy frifo, felly maen nhw'n dy rybuddio i droedio'n ofalus wrth ystyried pwy i ddweud wrthyn nhw. Maen nhw'n dy atgoffa na fydd y byd yn garedig bob tro, ac y bydd pobl yn dy feirniadu oherwydd pwy wyt ti'n eu hoffi ac nid yr holl bethau eraill amdanat ti. Efallai dy fod yn teimlo'n lwcus oherwydd rwyt ti'n gwybod bod cannoedd sydd heb hynny – bod yna bobl sydd ag ofn, pobl nad oes ganddyn nhw system gymorth, nad ydyn nhw wedi cael y derbyniad gefaist ti.

Efallai dy fod yn gwybod na fydd bywyd yn hawdd bob amser, na fydd datgan pwy wyt ti i'r byd byth yn peidio â chodi ofn arnat ti. Ond efallai dy fod yn cofio bod yn blentyn ofnus, pan nad oeddet ti'n gwybod beth oedd yn digwydd, a phan oeddet ti'n teimlo'n anghywir a lletchwith ac mewn cyflwr o limbo parhaol – a chofio sut y gallai rhywun arall deimlo hynny hefyd. Oherwydd efallai fod merch ofnus arall yn bodoli sy'n meddwl ei bod hi'n anghywir oherwydd nad yw hi'n ffitio i mewn i flwch bach taclus, ac efallai y galli di wneud y byd yn llai brawychus iddi hi.

LLINELL AMSER

1845

1994

Mae pobl LHDTCRA+ wedi bodoli yng Nghymru erioed, er na fydden nhw o reidrwydd yn defnyddio'r un labeli â ni heddiw. Mae yna themâu cwiar ym mhedwaredd gainc y Mabinogi hyd yn oed, er enghraifft, wrth i Math fab Mathonwy newid Gwydion a Gilfaethwy yn anifeiliaid o ryw gwahanol am dair blynedd.

1982

1917

1876

2004

1893

1696

1953

1931

1901

2001

HANES Y GYMRU GWIAR*

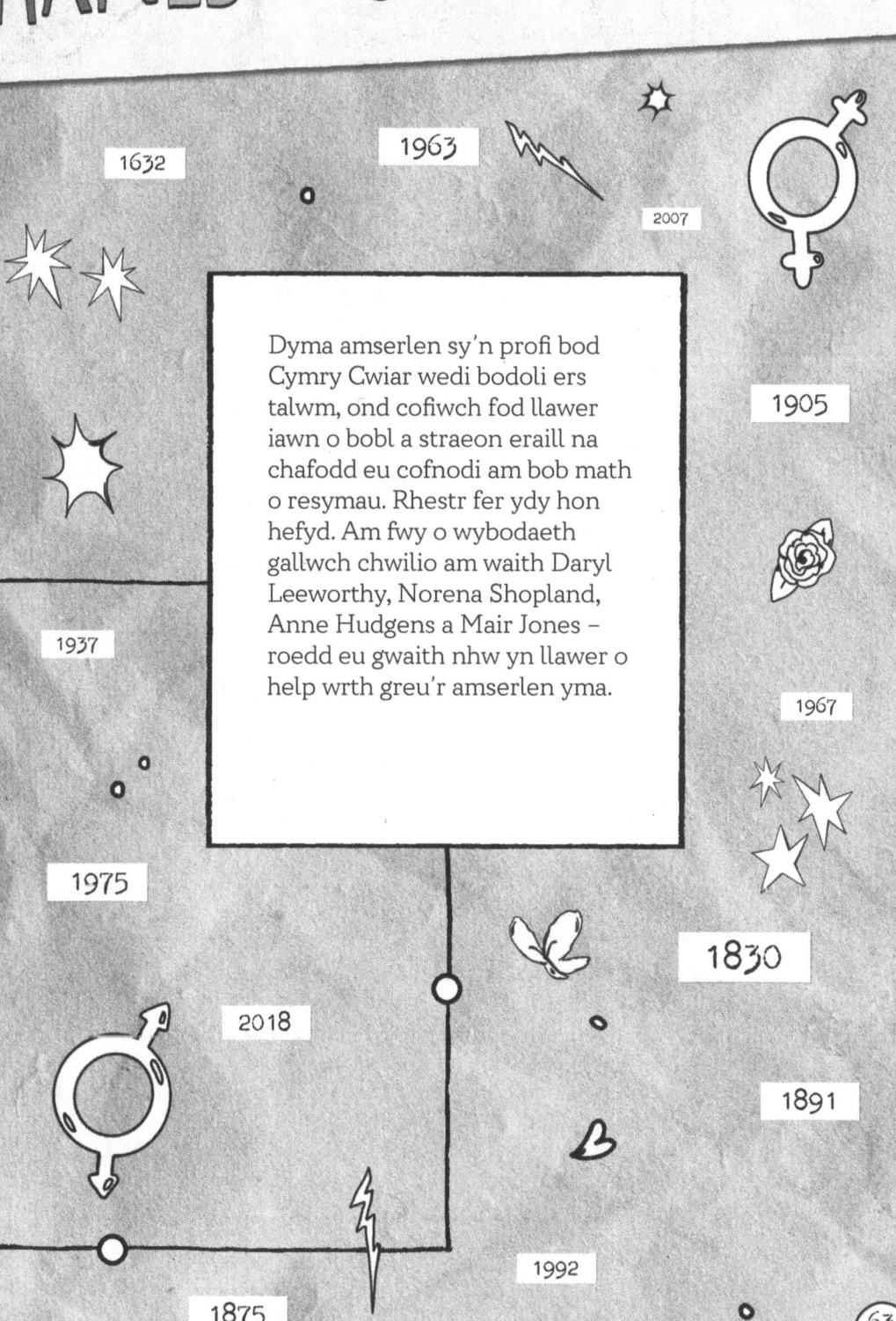

Dyma amserlen sy'n profi bod Cymry Cwiar wedi bodoli ers talwm, ond cofiwch fod llawer iawn o bobl a straeon eraill na chafodd eu cofnodi am bob math o resymau. Rhestr fer ydy hon hefyd. Am fwy o wybodaeth gallwch chwilio am waith Daryl Leeworthy, Norena Shopland, Anne Hudgens a Mair Jones – roedd eu gwaith nhw yn llawer o help wrth greu'r amserlen yma.

Y Canol Oesoedd

Yn y canol oesoedd roedd cyfraith Cymru – Cyfraith Hywel Dda – yn gwahardd rheiny oedd yn 'euog' o sodomiaeth rhag tystio mewn llys. Roedd y gyfraith hefyd yn crybwyll pobl ryngrywiol (*intersex*).

1284

Blwyddyn geni Brenin Edward yr Ail yng Nghastell Caernarfon. Mae mwy nag un ffynhonnell yn awgrymu fod Edward wedi bod mewn cariad gydag un o'i farchogion, Piers Gaveston. Yn ddiweddarach roedd ganddo berthynas agos gyda Hugh Despenser, Arglwydd Morgannwg, ond doedd yna ddim diweddglo hapus i'r berthynas. Collodd Edward yr Ail ei goron a chafodd Hugh ei ddienyddio.

Roedd beirdd enwog fel Dafydd ap Gwilym (*c.*1320–*c.*1380) a Gwerful Mechain (*c.*1460–*c.*1502) yn trafod rhyw a rhywedd, gyda cherddi fel 'Cywydd y Gâl' a 'Cywydd y Cedor' yn trafod rhai mannau o'r corff yn fanwl iawn…

1320– 1502

Blwyddyn geni Katharine Phillips yn Llundain, bardd benywaidd dylanwadol. Symudodd i Gymru yn blentyn ac roedd hi'n byw yn Aberteifi fel oedolyn hefyd. Mae ei gwaith yn trafod perthnasau benywaidd, agosrwydd benywaidd ac erotiaeth.

1632

1696 — Geni Marged Ferch Ifan yn ardal Beddgelert; telynores, gof, crydd. Roedd Marged yn enwog am ei nerth a'r ffaith nad oedd hi'n cydymffurfio gyda rolau rhywedd ei chyfnod; yn un peth roedd hi'n enwog am reslo!

1778 — Mae 'Merched Llangollen', Eleanor Charlotte Butler a Sarah Ponsonby, yn cyrraedd Llangollen ac yn ymgartrefu yno ar ôl i'r ddwy ddianc o Iwerddon. Roedd gan y ddwy berthynas agos, gariadus er nad oedden nhw yn uniaethu gyda'r label 'lesbiaid'. Daeth y ddwy yn enwog iawn ac roedd unigolion enwog eraill yn ymweld gyda nhw, gan gynnwys Anne Lister, 'y lesbiad fodern gyntaf'.

1790 — Geni John Gibson yng Nghonwy; daeth yn gerflunydd enwog a bu mewn perthynas gydag artist gwrywaidd arall, Penry Williams.

1802 — Geni Penry Williams ym Merthyr Tudful; symudodd i Rufain a datblygu gyrfa fel artist nodedig, a 'chyfaill agos' i John Gibson.

1819 — Geni Mary Charlotte Lloyd yn Sir Ddinbych, cerflunydd a astudiodd gyda John Gibson. Cafodd berthynas hir gyda'r ffeminydd Frances Power Cobbe a chafodd y ddwy eu claddu gyda'i gilydd yn Llanelltyd.

1830 — Geni Abel Jones, 'Y Bardd Crwst', yn Llanrwst; ysgrifennodd faled am ddwy ferch yn trawswisgo ac yn cael rhyw gyda merched eraill o'r enw 'Hanes dwy ferch ieuanc o'r fro hon a wisgodd eu hunain mewn dillad meibion, a myned i blasdy i garu at ddwy ferch ieuanc, rhai dyeithr iddynt.' Mae'r faled yn graffig o gysidro safonau'r oes!

1839

Geni Sarah Jane Rees – 'Cranogwen' – yn Llangrannog; llenor, bardd a golygydd. Mae ei cherdd 'Fy Ffrynd' yn cyfeirio at ei chymdoges, Jane Thomas, oedd yn gymar oes iddi a bu'r ddwy yn cyd-fyw am ugain mlynedd olaf ei bywyd.

1839-43

Terfysgoedd Beca yng ngorllewin a chanolbarth Cymru lle gwisgodd dynion mewn dillad merched ac ymosod ar dolltai am fod tollau yn uchel ar y ffyrdd. Mae enghreifftiau eraill o drawswisgo a thanseilio norm cymdeithasol wrth brotestio wedi eu cofnodi ar draws Prydain.

1845

Geni Amy Dilwyn yn Abertawe, awdur ac *entrepreneur* a oedd yn enwog am wisgo dillad anghonfensiynol i ferched ei hoes ac ysmygu sigârs. Roedd hi'n cyfeirio at Olive Talbot fel ei gwraig a byddai'n gyrru llythyrau ati'n aml.

1874

Geni Rachel Barret yng Nghaerfyrddin, syffrajét a golygydd. Bu mewn perthynas efo menyw arall, I. A. R. Wylie, oedd yn gyfrannwr i'r papur newydd oedd Barret yn ei olygu. Yn 1928, yn ystod achos llys pan gyhuddwyd awdur *The Well of Loneliness*, Radclyffe Hall, o gyhoeddi gwaith anweddus am fod y nofel yn trafod perthynas hoyw, roedd Barret yn gefnogol iawn ohoni.

1875

Geni Henry Cyril Paget, 5ed Marcwis Môn. Mae llawer o drafod am rywioldeb Henry, y marcwis lliwgar a oedd wrth ei fodd yn perfformio ac yn gwisgo dillad anhygoel. Er nad oes yna dystiolaeth o'i rywioldeb (fe losgodd ei deulu ei lythyrau i gyd) roedd ei hunaniaeth rhywedd yn hyblyg, yn enwedig o gysidro normau ei oes.

1876 — Geni Gwen John, artist talentog a gafodd ei magu yn Ninbych-y-Pysgod. Cafodd berthnasau rhywiol gyda dynion a merched, ac mae ei gwaith yn darlunio cyrff y ddau ryw.

1883 — Geni Margaret Haig Mackworth, ail Is-Iarlles y Rhondda, yn Llundain – mae cofnodion o'i pherthnasau gyda dynion a merched.

Geni Nina Hamnett, artist ac awdur o Ddinbych-y-Pysgod. Byddai'n cael y teitl 'Brenhines Bohemia' yn ddiweddarach yn ei hoes, a hynny yn rhannol am ei bod yn agored iawn am ei pherthnasau deurywiol.

1890

Geni Kate Roberts, awdur enwog o Rosgadfan sydd wedi ysgrifennu nifer o glasuron Cymraeg fel *Traed Mewn Cyffion*. Mae awgrymiadau ei bod yn ddeurywiol, nid yn unig am fod themâu yn ei gwaith sy'n cynnig darlleniad cwiar, ond am iddi nodi pan gafodd gusan gan ddynes arall: 'Nid oedd dim a roes fwy o bleser imi.'

1891

1893 — Geni Ivor Novello yng Nghaerdydd; actor, cyfansoddwr a dramodydd. Roedd o'n ddyn hoyw agored a bu mewn perthynas gyda'i bartner, Bobbie Andrews, am 35 mlynedd.

1899 — Geni Tom Davies yn Abergwynfi, 'dynwaredwr' merched mewn arddull y bydden ni heddiw yn ei alw yn drag. Cafodd yrfa lewyrchus yn diddanu pobl ar draws Prydain.

1900 — Geni Morris T. Williams yn y Groeslon. Roedd o'n gyhoeddwr ac yn argraffydd. Cafodd berthynas gorfforol agos iawn efo'r bardd Edward Prosser Rhys. Priododd Kate Roberts yn 1928.

1901 — Geni Edward Prosser Rhys yn ardal y Mynydd Bach; bardd, golygydd a newyddiadurwr. Mae'n fwyaf enwog am ei bryddest 'Atgof' sy'n croniclo profiadau cwiar.

1904 — Geni John Gwilym Jones yn y Groeslon – dramodydd, awdur, beirniad ac athro. Mae nifer o'i ddramâu yn cynnwys themâu cwiar (yn enwedig un o'i rai enwocaf, *Ac Eto Nid Myfi*), ac mae ysgolheigion fel Mihangel Morgan wedi dadlau nad oedd o'n heterorywiol.

Geni Angus McBean yn Nhrecelyn, un o ffotograffwyr portread mwyaf nodedig yr ugeinfed ganrif. Cafodd ei garcharu yn 1942 am fod yn hoyw a chafodd ei yrfa ei difetha am gyfnod. Ar ôl yr Ail Ryfel Byd cafodd ailddechrau arni a daeth yn enwog eto, gan dynnu lluniau o'r Beatles ymysg eraill.

1905 — Geni Emlyn Williams, actor a dramodydd deurywiol o Sir Fflint.

1909 — Geni Margiad Evans yn Lloegr; bardd, awdur ac artist a dreuliodd ran fawr o'i hoes yn byw a gweithio yng Nghymru – dechreuodd berthynas hirdymor gyda Ruth Farr yn 1934.

1917 — Geni Leo Abse, aelod seneddol o Gaerdydd wnaeth ymgyrchu am hawliau i bobl hoyw. Chwaraeodd ran fawr mewn sicrhau'r hawliau sydd gan y gymuned LHDTCRA+ heddiw.

1918 — Geni John Randell ym Mhenarth. Yn academydd a seicolegydd, cyhoeddodd am sawl pwnc LHDTCRA+ a'i draethawd hir o oedd y cyntaf i drafod pobl draws yng Nghymru. Fo hefyd sefydlodd y Clinig Hunaniaeth Rhywedd cyntaf ym Mhrydain.

1924 — Edward Prosser Rhys yn ennill y Goron yn yr Eisteddfod Genedlaethol am ei gerdd 'Atgof', a hynny ac yntau ddim ond yn 23 mlwydd oed. Mae 'Atgof' yn trafod perthynas rywiol rhwng dau ddyn ymysg pethau eraill. Roedd Prosser yn ddyn deurywiol a chafodd berthynas efo Morris T. Williams, gŵr Kate Roberts. Eu perthynas nhw sydd yn cael ei disgrifio yn y gerdd ym meddwl llawer o bobl.

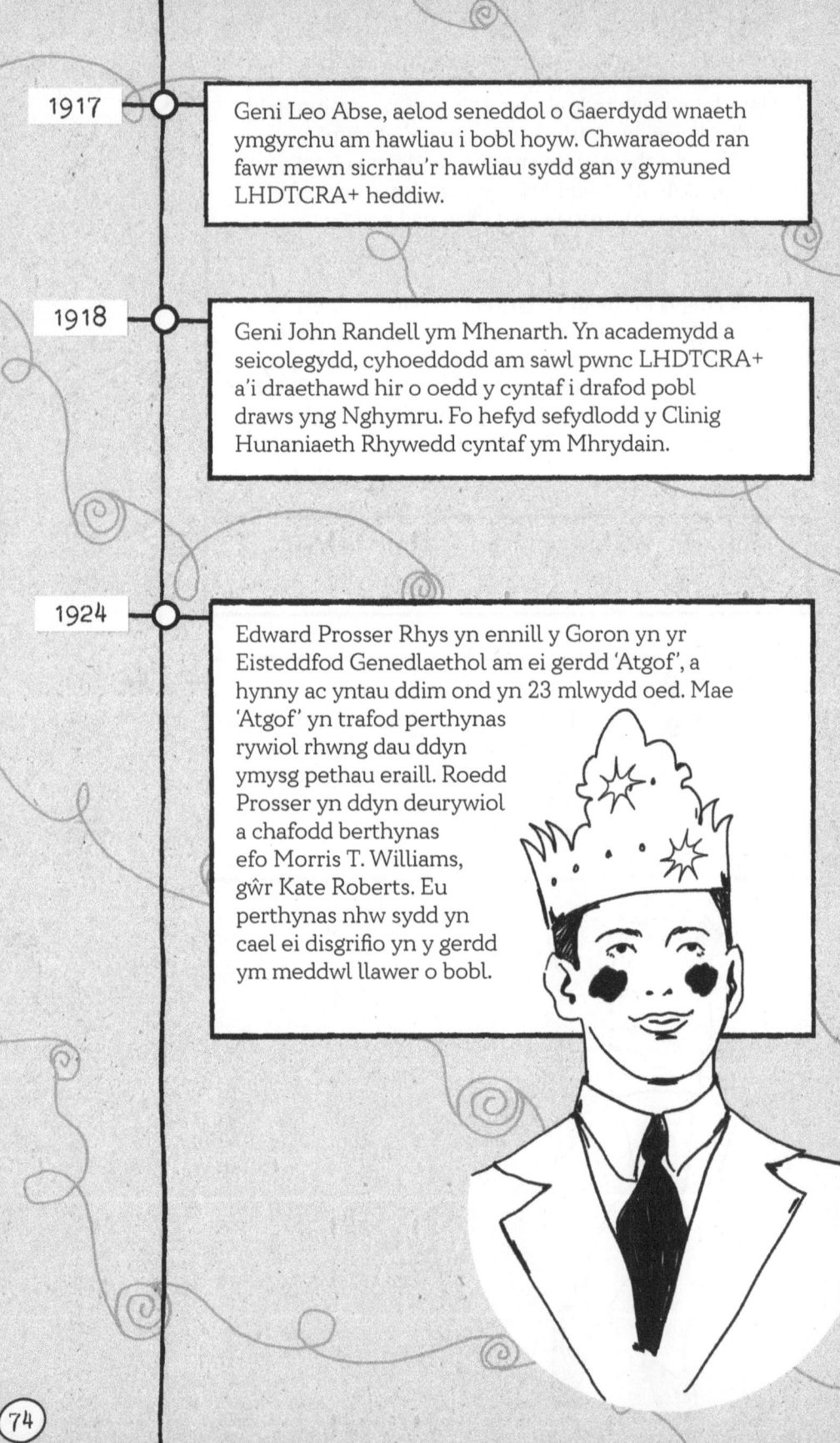

Geni Jo Opie; ymgyrchydd, anarchydd a ffeminydd. Roedd hi'n aelod o sawl mudiad, gan gynnwys y Lesbian and Gay Freedom Movement.

Geni Illtyd Harrington ym Merthyr Tudful. Cafodd yrfa wleidyddol hir ac roedd yn byw bywyd hoyw agored gyda'i bartner, Chris Downes, am 30 mlynedd, hyd yn oed pan oedd hynny'n anghyfreithlon.

1931

Geni Gloria Jenkins; hi sefydlodd gangen Cymru o Fflag (Families and Friends of Lesbians and Gays) ac un o gyd-gadeiryddion cyntaf Stonewall Cymru.

1937

Geni John Davies yn y Rhondda. Roedd o'n hanesydd uchel ei barch ac yn 1988 daeth allan yn gyhoeddus ar S4C fel dyn deurywiol.

1938

1939

Geni Wena Parry, dynes draws a aeth i Lys Hawliau Dynol Ewrop i geisio dadlau yn erbyn y Ddeddf Adnabyddiaeth Rhywedd. Doedd dim modd iddi gael tystysgrif adnabod rhywedd heb ysgaru ei gwraig, Anita, ar y pryd.

1940

Geni Griffith Vaughan Williams ym Mangor; actifydd, newyddiadurwr ac ymgyrchydd. Treuliodd Griffith ran fawr o'i fywyd yn ymgyrchu dros hawliau pobl LHDTCRA+. Roedd yn aelod cynnar o'r Ymgyrch dros Gydraddoldeb Cyfunrywiol gafodd ei ffurfio yn 1969.

1953

Desmond Donnelly, Aelod Seneddol Sir Benfro, yn galw am ymchwiliad i pam mae bod yn hoyw yn dal yn anghyfreithlon ym Mhrydain. Ymhen blwyddyn byddai Pwyllgor Wolfenden yn cael ei sefydlu, a chyhoeddwyd eu hadroddiad yn 1957. Roedd yr adroddiad yn gam bach ymlaen at gyfartaledd i bobl LHDTCRA+. Roedd Cymro arall, Goronwy Rees, yn rhan bwysig o banel yr adroddiad a dadleuodd y dylai dynion hoyw gael rhoi tystiolaeth iddo.

| 1955 | Geni Mihangel Morgan yn Nhrecynon, Rhondda Cynon Taf; awdur hoyw ac academydd sydd â themâu LHDTCRA+ amlwg yn ei waith. |

| 1956 | Geni John Sam Jones, awdur ac ymgyrchydd, ym Meirionnydd. Mae ei waith yn trafod ystod eang o brofiadau hoyw, gan gynnwys effaith cymdeithas homoffobaidd ar unigolion hoyw. |

| 1963 | Geni Russell T. Davies yn Abertawe; bydd yn ysgrifennu nifer o ddramâu teledu gyda themâu LHDTCRA+ yn ganolog iddyn nhw. |

1966 — Geni Sarah Waters yn Sir Benfro; awdur lesbiaidd. Mae ei nofel, *Tipping the Velvet*, yn un sydd â themâu lesbiaidd cryf ac mae llawer o'i gwaith yn trafod themâu cwiar.

1967 — Deddf Troseddau Rhywiol yn ei gwneud hi'n gyfreithlon i ddynion hoyw dros 21 oed garu mewn llefydd preifat.

1969 — Cyhoeddi *Sanctity: or, There's No Such Thing as a Naked Sailor* yn America – nofel ddaeth yn boblogaidd ymysg y canon o lyfrau LHDTCRA+ yno. Cafodd awdur y nofel, Dennis Selby, ei eni a'i fagu yng Nghaerdydd.

1971 — Mae Howard Llywellyn, ymgyrchydd hawliau LHDTCRA+, yn sefydlu Cardiff Gay Liberation Front, mudiad a oedd yn ymgyrchu dros hawliau i bobl hoyw.

Mae Jan Morris, awdur ac ysgrifwraig taith, yn teithio i Forocco i gael triniaeth newid rhywedd. Ysgrifennodd am ei phrofiadau yn y gyfrol *Conundrum*. Bu'n rhaid iddi ysgaru gyda'i gwraig Elsie ond daliodd y ddwy i gyd-fyw gyda'i gilydd cyn mynd i berthynas sifil yn 2008. Treuliodd ran fawr o'i hoes yn Llanystumdwy.

1972

Bathu'r term 'hoyw' yn Gymraeg. Gofynnodd myfyrwraig o'r enw Ann Beynon i Gwyn Thomas, un o ddarlithwyr Adran y Gymraeg Prifysgol Bangor ar y pryd, beth oedd y gair Cymraeg am *gay*. 'Hoyw' oedd yr ateb. Y flwyddyn honno yn yr Eisteddfod Genedlaethol cafodd bathodynnau 'Hawliau Hoywon' eu dosbarthu.

1975

1977

Plaid Cymru yn trafod hawliau pobl LHDTCRA+ yn eu cynhadledd flynyddol yn 1978. Bydd y blaid yn datgan gwrthwynebiad llwyr i wahaniaethu ar sail hil, cred, rhywioldeb neu iaith.

1982

Terry (Terrence) Higgins, o Sir Benfro yn wreiddiol, yn marw o AIDS, un o'r bobl gyntaf ym Mhrydain i wneud hynny. Cafodd yr elusen The Terrence Higgins Trust ei sefydlu er cof amdano.

1984-85

Sefydlu Lesbians and Gays Support The Miners, mudiad a oedd yn cefnogi Undeb Genedlaethol y Mwyngloddwyr ac yn gweithio'n agos gyda chymunedau yn ne Cymru yn ystod cyfnod o streiciau. Ffurfiwyd un ar ddeg grŵp i gyd gyda'r un yn Llundain yn unig yn codi £22,500 i gefnogi'r streiciau. Roedd hynny'n llawer o arian yn yr 1980au!

1988

Mae'r Ddeddf Llywodraeth Leol neu 'Gymal 28' yn dod i rym. Mae'r ddeddf hon yn atal trafod pobl LHDTCRA+ gan lywodraethau lleol ac i bob pwrpas yn golygu na all ysgolion drafod pobl o'r gymuned honno.

1992

Mae grŵp hawliau hoyw 'Cylch' yn ymgyrchu yn yr Eisteddfod Genedlaethol.

Mae grwpiau cefnogaeth ffôn Llinell Lesbiaid Bangor a Gwynedd a Llinell Hoyw Gwynedd yn uno i greu gwasanaeth cwnsela.

Sefydlu Cymdeithas Dai Triongl yn Nghaerdydd i helpu pobl hoyw yr ardal i gael llety.

RHAID NEWID POPETH Medd HOYWON A LESBIAID

1993

Y ffilm 'Gadael Lenin' yn cael ei darlledu. Ymysg y cymeriadau mae dyn ifanc hoyw sy'n dod i delerau gyda'i rywioldeb.

1994 — Lleihau oedran cydsyniad cael rhyw rhwng dynion i 18 o 21.

1995 — Darlledu drama deledu am ddyn hoyw o'r enw 'Dafydd' ar S4C.

1997 — Darlledu'r gusan gyntaf rhwng dwy ddynes ar S4C ar raglen *Pobol y Cwm*.

1999

Darlledu drama deledu Russel T. Davies, *Queer as Folk*.

Mardi Gras Caerdydd, sydd bellach yn cael ei adnabod fel 'Pride Cymru', yn cael ei sefydlu.

2000

Mae Cymru yn cael ei maer cyntaf sy'n lesbiaidd sydd allan – Jaci Taylor yn Aberystwyth.

Cyfarfod rhwng Stonewall a Llywodraeth Cymru i drafod sefydlu 'Fforwm Hoyw a Lesbiaidd Cymru' gyda John Sam Jones a Gloria Jenkins yn cadeirio.

2001

Mae'r oedran cydsynio yn cael ei symud i 16 i ddynion sydd am gael rhyw gyda dynion, yn unol â'r oedran ar gyfer pobl heterorywiol.

2002

Cyfraith gwlad yn newid i adael i bobl hoyw, lesbiaidd, traws a phobl heterorywiol dibriod fabwysiadu plant.

Cynhadledd gyntaf 'Fforwm Lesbiaid a Hoywon Cymru' gyda dros 200 o bobl yn mynychu.

2003

Sefydlu Stonewall Cymru, gan gyfuno Fforwm Lesbiaid a Hoywon Cymru a Stonewall.

'Cymal 28' yn cael ei ddiddymu, er, gyda diolch i waith Fforwm Lesbiaid a Hoywon Cymru, roedd Llywodraeth Cymru wedi diddymu'r ddeddf i bob pwrpas yn 2002.

Stonewall Cymru

2004

Pasio'r ddeddf Partneriaeth Sifil sy'n golygu y gall pobl o'r un rhyw sydd mewn partneriaeth o'r fath gael hawliau tebyg i bâr priod.

2007 — Sefydlu Gwobr Iris yng Nghaerdydd, gwobr ffilm ryngwladol ar gyfer ffilmiau LHDTCRA+.

2011 — Sefydlu Pride Gogledd Cymru.

2018

Blwyddyn gyntaf 'Mas ar y Maes' yn yr Eisteddfod Genedlaethol. Dyma'r tro cyntaf i ddigwyddiadau LHDTCRA+ gael sylw penodol ar faes yr Eisteddfod.

MAS AR Y MAES

2023

Sefydlu 'Cwiar na Nog' ar faes Eisteddfod yr Urdd – gofod sy'n benodol ar gyfer pobl ifanc cwiar.

A dyna i chi ychydig o hanes y Gymru Gwiar, ond dydy pawb a phob peth ddim yma wrth gwrs ac mae'r hanes yn dal ati!

BETH YW PRIDE?

Gweithredu ymarferol oedd dechrau Pride. Yn oriau mân 28 Mehefin 1969, dechreuodd Terfysg Stonewall ar ôl i'r heddlu gynnal cyrch ar y Stonewall Inn, bar hoyw yn Efrog Newydd.

Parhaodd y terfysg am bum diwrnod wrth i rwystredigaeth y gymuned LHDTCRA+ ddod yn amlwg. Fel cymuned roedden ni'n cael ein cam-drin a'n gorthrymu.

Yn dilyn hynny, ffurfiwyd sawl mudiad a flwyddyn yn ddiweddarach daeth y gymuned LHDTCRA+ ynghyd i gofio'r hyn ddigwyddodd ac i brotestio er mwyn cael mwy o hawliau. Y 'Christopher Street Day Parade' oedd yr enw ar y digwyddiad ar y pryd.

Yn 1972 cyrhaeddodd Pride Prydain; digwyddodd rali yn Llundain gyda thua 200 o bobl ar y strydoedd, er bod digwyddiadau cynharach wedi eu cynnal hefyd.

Yn 1989 cafodd Stonewall ei sefydlu; mae'r enw, wrth gwrs, yn ein hatgoffa o gam pwysig yn y frwydr dros ein hawliau.

Ar lawr gwlad digwyddodd llawer o weithredu radical a phrotestio dros y degawdau er mwyn i ni gyrraedd lle rydyn ni heddiw. Erbyn hyn mae Pride yn ddathliad o'r gymuned ac yn gyfle i gymdeithasu a mwynhau, sy'n grêt, ond rhaid cofio o ble rydyn ni wedi dod ac mai protest oedd Pride gyntaf oll.

SUT Y DAETH Y LLYFR HWN I FOD

Nodyn i ddarllenwyr, rhieni, gwarchodwyr ac athrawon

Fe gawson ni fel criw gyfle i ymgeisio am nawdd a oedd yn rhan o grant cydraddoldeb a chynhwysiant a gynigiwyd gan Lywodraeth Cymru. Byddai'r arian yn ein galluogi i ymchwilio a datblygu cynnwys ar gyfer llyfr newydd wedi'i anelu at bobl ifanc dros ddeuddeg oed. Ar ôl i'r cais gael ei gymeradwyo, y cwestiynau a ddaeth i'r meddwl yn syth oedd:

- Ble'r ydyn ni'n dechrau?
- Ble mae'r bylchau yn y farchnad?
- Pa fath o lyfr fyddai gan y gynulleidfa hon ddiddordeb ynddo?

Penderfynon ni ddechrau drwy edrych ar rai o'r ystadegau mwyaf diweddar yng Nghymru a oedd ar gael i ni, a sylweddolon ni'n sydyn iawn bod yno gynnydd pryderus mewn troseddau casineb.

Diffiniad: mae **trosedd casineb** yn drosedd sydd wedi'i ysgogi gan ragfarn ac yn dreisgar, fel arfer.

Mae'r gyfraith yn cydnabod pum math o drosedd casineb ar sail:

- hil
- crefydd
- anabledd
- cyfeiriadedd rhywiol
- hunaniaeth drawsryweddol

Weithiau gall yr un person ddioddef **mwy nag un math** o drosedd casineb.

Data

Cyhoeddwyd yr ystadegau isod gan Y Swyddfa Gartref ym mis Hydref 2022 ac maen nhw'n dangos bod pob ardal heddlu yng Nghymru wedi gweld cynnydd yn y niferoedd o droseddau casineb a recordiwyd.

Troseddau casineb yng Nghymru
Troseddau wedi'u recordio fesul ardal heddlu

Ardal heddlu	2020/21 Cyfanswm y nifer o droseddau	2021/22 Cyfanswm y nifer o droseddau	% newid	Cyfradd troseddau casineb fesul poblogaeth o 1,000
Gogledd Cymru	1,144	1,520	33%	2.2
Gwent	677	1,234	82%	2.1
De Cymru	2,148	2,717	26%	2
Dyfed-Powys	685	824	20%	1.6
Cymru	4,654	6,295	35%	2

Ffynhonnell: Y Swyddfa Gartref, 6 Hydref 2022

BBC

Mae'r graff bar yn dangos cynnydd pryderus dros gyfnod o chwe blynedd.

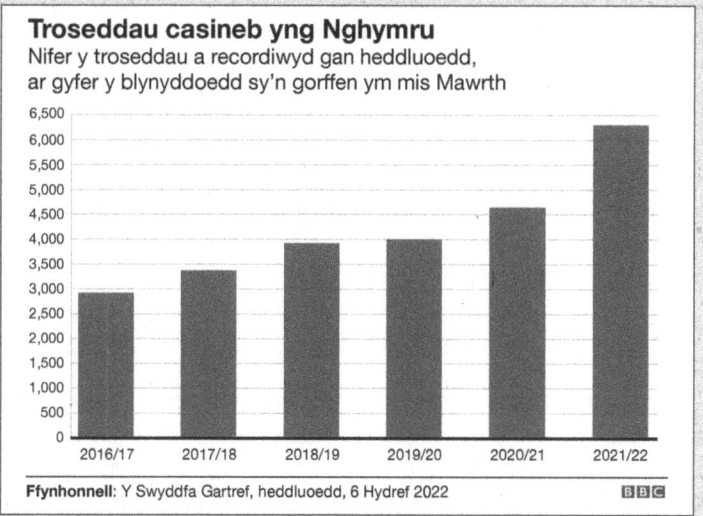

Gall nifer o resymau fod wedi cyfrannu at y cynnydd hwn; er enghraifft, mae'n bosib fod heddluoedd wedi dechrau rhoi mwy o sylw i'r troseddau hyn ac felly'n recordio mwy o achosion. Ond roedden ni'n pryderu am y cynnydd, felly penderfynon ni archwilio'r data ymhellach.

Mae'r tabl hwn yn dosbarthu'r data troseddau casineb yng Nghymru a Lloegr i bump categori.

Rhifau a chanrannau

Edefyn trosedd casineb	2018/19	2019/20	2020/21	2021/22
Hil	77,850	[x]	90,909	108,476
Crefydd	8,460	[x]	6,288	8,602
Cyfeiriadedd rhywiol	14,161	[x]	18,239	25,639
Anabledd	8,052	[x]	9,690	13,905
Trawsrywedd	2,253	[x]	2,728	4,262
Cyfanswm nifer y troseddau	104,765	112,633	122,256	153,536

Ffynhonnell: Troseddau wedi'u recordio gan yr heddlu, Y Swyddfa Gartref

Ni ddogfennwyd unrhyw ddata yn 2019/20 oherwydd pandemig Cofid-19. Er hynny, dros gyfnod o bedair mlynedd, roedd cynnydd o 1.7% yn y troseddau casineb crefydd a adroddwyd, a chynnydd o 39% yn y troseddau casineb hil. Roedd cynnydd o 73% yn y troseddau casineb anabledd a chynnydd o 81% yn y troseddau casineb ar sail cyfeiriadedd rhywiol a adroddwyd. Cynyddodd y troseddau casineb a adroddwyd yn erbyn pobl drawsryweddol o 89% ar draws Cymru a Lloegr.

Fel sydd yn gyffredin gyda sawl math o drosedd, dim ond rhan fach o'r realiti mae'r ystadegau hyn yn ei ddangos i ni. Mae ystadegau llywodraethol eraill yn awgrymu bod llai nag un ym mhob deg o bobl LHDTCRA+ yn adrodd am droseddau neu achosion casineb.

Mae'r data hwn yn amlygu ffaith drist: bod troseddau casineb ac, yn fwy penodol, troseddau'n cynnwys cyfeiriadedd rhywiol a hunaniaeth rhywedd, wedi cynyddu'n sylweddol yng Nghymru. Mae'n gynnydd sydd:

- yn golygu bod niwed a gofid yn cael ei achosi i bobl; mae angen amddiffyn rhyddid y bobl hynny i fod yn nhw eu hunain ac i fynegi eu hunain, ac mae'n rhaid sicrhau eu bod yn cael eu gwarchod a'u diogelu;
- yn cynnwys troseddwyr sy'n terfynu ac yn niweidio'u dyfodol eu hunain wrth fynegi barnau ac ymddwyn mewn ffyrdd annoeth, ac sydd angen cefnogaeth er mwyn newid er gwell.

Wedi'n cynhyrfu gan hyn, fe wnaethon ni drafod a fyddai'r llyfr yn gallu helpu i fynd i'r afael â'r sefyllfa, gan hyrwyddo ac annog dealltwriaeth, cynhwysiant a sylwgarwch pobl pan fyddan nhw'n ifanc.

Penderfynon ni y dylen ni drio!

Ein gobaith

Penderfynodd ein tîm mai un o'r ffyrdd gorau i dynnu pobl i mewn ydy trwy adrodd straeon. Mae pawb yn hoffi stori. Ac os mai stori wir ydy honno ... gwell fyth! Roedden ni eisiau cynnwys cymaint o straeon â phosib, ac felly gwahoddwyd nifer o bobl i greu'r cynnwys a fyddai'n darparu cofnod cytbwys, cynrychioladol ac amrywiol o realiti rhai pobl yng Nghymru.

Ein bwriad oedd cynnwys profiadau personol o'r gymuned LHDTCRA+ mewn arddull hawdd ei darllen, fel petai cyfoedion yn ysgrifennu at gyfoedion; ein hawduron yn ysgrifennu at ddarllenwyr ifanc mewn llyfr deniadol.

Ein gweledigaeth

Sylweddolon ni y gallai hwn fod yn gyfle gwych i estyn cyfle a chynnwys pobl ifanc sydd erioed wedi ysgrifennu'n gyhoeddus o'r blaen. Roedden ni'n credu y bydden ni'n gallu darparu amgylchedd greadigol bositif a fyddai'n grymuso'r cyfranwyr a'u galluogi i ddysgu sgiliau newydd ac ysgrifennu eu straeon personol yn eu lleisiau eu hunain. Roedden ni'n benderfynol nad oedden ni eisiau creu gwerslyfr. Yn lle hynny, ein dyhead oedd i rannu gwybodaeth am y gymuned LHDTCRA+ trwy adrodd straeon ac amlygu digwyddiadau go iawn. Wrth iddyn nhw ddarllen am brofiadau gonest y grŵp lleiafrifol hwn, rydyn ni'n gobeithio y byddwn yn galluogi'r mwyafrif i fod yn fwy cydymdeimladol.

Mae'r ystadegau'n dweud y cyfan. Mae troseddau casineb wedi cynyddu. Rydyn ni'n credu bod yna alw taer am fwy o addysg a fydd yn creu poblogaeth fwy gwybodus. Ein gobaith diffuant ydy y bydd y llyfr hwn yn gyfraniad bach tuag at gyflawni'r nod hwnnw.

I gloi

Mae creu'r llyfr hwn wedi bod yn dasg anferthol, ac mae'n bosib mai dyma'r prosiect mwyaf i ni weithio arno erioed. Ond mae'r daith wedi bod yn fuddiol heb os a'r wobr ar ddiwedd y daith wedi bod yn fwy fyth.

Rydyn ni'n credu mai'r canlyniad terfynol ydy casgliad o straeon ffres, gonest a dirdynnol y bydd darllenwyr – gobeithio – yn gallu uniaethu efo nhw. Hyd yn oed os nad wyt ti'n aelod o'r gymuned LHDTCRA+, rydyn ni'n gobeithio y bydd y straeon personol hyn yn dy gyffwrdd ac o ddiddordeb i ti.

Rydyn ni'n ddiolchgar i Llŷr a Megan a fu'n hyfforddi, mentora a grymuso pob cyfrannwr i ysgrifennu eu stori ar gyfer eu cyhoeddi; i Mari Phillips am ei darluniau anhygoel; i Richard Pritchard am ei arddull dylunio llyfr sgrap gwych; i Gyngor Llyfrau Cymru a Llywodraeth Cymru am ddarparu'r cyllid a'r gefnogaeth ar gyfer y prosiect; ac, wrth gwrs, i bob un o'r bobl arbennig a wnaeth gyfraniad amhrisiadwy i'r llyfr hwn.

Ac yn olaf... diolch i *ti* am ddarllen!

Tîm RILY

CYMORTH

Dydy bod yn ifanc ac yn cwiar ddim wastad yn hawdd ac mae hynny'n normal. Os wyt ti angen help, paid â dioddef yn ddistaw; mae yna fudiadau a phobl a all dy helpu. Dwyt ti byth ar ben dy hun.

Mae'r wybodaeth yma yn gywir wrth i ni gyhoeddi ond gall pethau newid. Mae'n bosib chwilio ar y we am 'cymorth i bobl lhdtc' neu 'wales help lgbtq' i ddarganfod adnoddau hefyd.

Llinellau Cymorth

Childline
Cymorth i bawb dan 19 oed. Galwa 0800 1111, unrhyw bryd. Mae cymorth pellach ar eu gwefan nhw.

MindLineTrans+
Cymorth gyda iechyd meddwl a lle i sgwrsio sy'n gwbl ddienw i'r rheiny sy'n draws, anrhywiol, gyda rhywedd hyblyg neu'n anneuaidd. Galwa 0300 330 5468.

Mindout
Gwasanaeth iechyd meddwl i bobl cwiar. Galwa 01273 234839 neu e-bostia info@mindout.org.uk; mae ganddyn nhw hefyd wasanaeth sgwrsio ar eu gwefan.

PAPYRUS
Mudiad cenedlaethol sydd yn ceisio atal hunanladdiad ymysg pobl ifanc. Os wyt ti neu rywun ti'n adnabod yn meddwl am ladd eu hunain gall gweithwyr PAPYRUS dy gefnogi. Galwa 0800 068 4141, tecstia 88247 neu e-bostia pat@papyrus-uk.org, 24 awr y dydd.

Samariaid
Cymorth cyfrinachol am ba bynnag beth sydd yn dy boeni, 24 awr y dydd. Galwa o ffôn symudol neu o'r tŷ ar 116 123. Os hoffet ti gael sgwrs yn Gymraeg galwa 0808 164 0123 rhwng 7yh ac 11yh.

Switchboard
Llinell gymorth iechyd meddwl: 0800 0119 100 rhwng 10yb a 10yh neu e-bostia hello@switchboard.lgbt. Mae modd sgwrsio ar eu gwefan nhw hefyd.

Umbrella Cymru
Galli decstio 07520 645700 am gymorth, neu alw eu swyddfa nhw ar 0300 302 3670. Os nad oes neb yn ateb, galli adael neges gyda dy fanylion a bydd rhywun yn galw'n ôl. Galli hefyd e-bostio support@umbrellacymru.co.uk.

MUDIADAU LHDTCRA+

Constellation
Prosiect llesiant yng Nghaerdydd i bobl ifanc 12–16 a 17–25 oed sy'n draws, anneuaidd neu'n darganfod eu rhywedd. Galwa 029 20344776 am fwy o wybodaeth.

G(end)er Swap
Mae G(end)er Swap yn sefydliad sy'n cynnig gweithdai a chymorth i unigolion traws, a phobl sydd ddim yn cydymffurfio o ran rhywedd, i gael mynediad at ddillad, colur a llesiant. Mae gan eu gwefan gyngor ymarferol, adnoddau, siop, a mwy o wybodaeth am eu gwaith.

GISDA
Elusen ddigartrefedd yn y gogledd sydd yn cynnig cymorth i bobl ifanc rhwng 16 a 25 oed. Mae ganddyn nhw wasanaeth cefnogi unigolion LHDTCRA+ hefyd, gan gynnwys clwb sy'n cyfarfod yn rheolaidd. Galwa 01286 671153.

Glitter Cymru
Mudiad ar gyfer pobl o'r mwyafrif bydol sy'n rhan o'r gymuned LHDTCRA+.

Impact LGBT+
Grŵp ieuenctid yng Nghaerdydd sydd yn cynnig gofod diogel, cyfeillgar i gyfarfod pobl o'r un gymuned â ti.
E-bostia lgbt@cathays.org.uk am fwy o wybodaeth.

Llinell LGBT+ Cymru
Cymorth, cyngor ac adnoddau i bobl LHDTCRA+, eu ffrindiau a'u teuluoedd. Mae ganddyn nhw gymorth gyda therapi a chwnsela ac mae eu llinell gymorth ar agor rhwng 10yb a 3yp bob dydd Mercher: 0800 917 9996. Os wyt ti'n ffonio y tu allan i'r amser yma, gad neges gyda dy fanylion ac fe ddaw rhywun yn ôl atat yn fuan.

Maen nhw hefyd yn rhedeg cynllun GoodVibes yn Abertawe, gofod diogel i gymdeithasu os wyt ti rhwng 11 a 25 oed. E-bostia info@LGBTCymru.org.uk am fwy o wybodaeth, neu galwa 01792 650777.

Trans Aid Cymru
Cymorth i bobl draws, anneuaidd a deurywiol gan unigolion o'r cymunedau hynny. Maen nhw hefyd yn trefnu pob math o ddigwyddiadau ac yn cynnig grantiau cymorth. Galli e-bostio ar enquiries@transaid.cymru am fwy o wybodaeth.

Tŷ Pride
Gwasanaeth 24 awr y dydd i gynorthwyo pobl ifanc LHDTCRA+ sydd dan fygythiad o fod yn ddigartref.

Umbrella Cymru
Mudiad sy'n cynnig cyngor a chymorth, cwnsela a gwybodaeth. Mwy o wybodaeth ar info@umbrellacymru.co.uk, support@umbrellacymru.co.uk neu 0300 302 3670.

Unique Transgender Network
Grŵp gwirfoddol sydd yn cynnig cymorth i bobl draws yng ngogledd Cymru a Swydd Gaerlleon. Galwa 01745 337144 am fwy o wybodaeth.

Viva LGBT+
Grwpiau ieuenctid ar draws Sir Ddinbych, Conwy, Sir Fflint, Sir Fôn a Wrecsam i bobl ifanc rhwng 11 a 25 oed sy'n rhan o'r gymuned LHDTCRA+ neu'n cwestiynu. Galwa 01745 357941 neu e-bostia info@vivalgbt.co.uk.

Mae gan wefannau Stonewall Cymru a Pride Cymru wybodaeth am gymorth hefyd.

Hefyd gan Rily

Ar gael yn
Saesneg hefyd